晓风·明月·亲情

徐凤翔（辛娜卓嘎） 著

徐凤翔回忆录

海天出版社
HAITIAN PUBLISHING HOUSE

·深圳·

徐凤翔先生的一天

在举世辞旧迎新之际，徐凤翔先生还很期待1月12日这一天。自然，时间快哉，一眨眼12日到了，而且天气晴好，蓝天上飘着云彩，大地也没有旋舞风沙尘暴。

一、电话铃声又响起了

住在京城门头沟新桥东街某小区的徐先生，当日早上的生活——起床、盥洗、早餐，以及读、听、看、写等一如既往。但她心里还是有一些波澜起伏的。自去年12月间黄宗英先生动了大手术以来，徐先生人在北京，心则飞驰到了上海，牵挂着宗英姐，昼夜皆不能好好休息。为什么呢？说实在的，90多岁的人动了手术，任谁都会为术后的风险担心；而医院方面严禁探视的规定一直没有松动，掣肘了徐先生去上海的行动，她为宗英姐悬着的心就一直放不下来。

徐先生有一个观点：跟老朋友相聚不是见一次少一次，而是见一次多一次。她早已把自家年龄改称为"芳龄"了。徐先生写于去年年底的《岁末"三乐"中有:"即将送别二〇一六年,个人窃喜跨入了八六'芳龄'……想想人生,只要你自我积极而愉悦地对待,就可在环境中寻找、致力、交流愉快。所以我戏称自己是个'传染病'患者——传染快乐。于是也就甚为快乐地一天天过着、走着虽老而年轻的人生!唵嘛呢吧咪吽!""芳龄"是什么?芳龄就是花季少女的另一种表述啊!徐先生对生命的认知与处世的达观,于此可窥一斑。是以,徐先生每年都要去上海一两次,与宗英姐聚一聚、叙一叙。如今宗英姐还在重症监护室里,徐先生思念之情自然是异常的强烈与迫切啊!

好几天前,黄宗英的忘年交、作家李辉打电话来,说 1 月 12 日下午要举行《黄宗英文集》新书发布会,邀请徐老师到场讲讲话。徐先生立即就应允参加了。不久后,发布会的主办方海天出版社有人打电话向徐先生汇报了发布会有关情况,又问徐先生是否可以参加活动。徐先生又应允参加了。昨天,出版社的人又一次打电话给徐先生,问她明天能不能到场讲话。徐先生知道人家是担心自己这个高龄老人会不会因为忽然发生的一些身体不适,分分钟就中止一些原定的外事活动。可是,徐先生还是口气坚决地表示要参加明天的发布会。

好多年以来,徐先生对于邀请自己参加的种种活动,都会婉言谢绝的。可是对这一次的邀请,徐先生的态度完全不一样。为什么呢?

上世纪 80 年代初,作家黄宗英听闻了徐凤翔一些事迹后,立即决定采写之。黄、徐相伴同行,体验了艰苦卓绝、攀登险峻的科学考察生活,写成长篇报告文学《小木屋》,发表后影响了无数人,小木屋及其主人也成为划时代的精神偶像。她们因缘殊胜,结下了深厚的感情。如今,徐先生对宗英姐的思念与关切之情愈加浓烈,仿佛自己参加了这个活动就是与宗英姐的相聚。

12 点 45 分，手机电话铃声又响起了。徐先生接听了，知道来接自己去参加活动的同志已经到了楼下。徐先生在电话说：请你们上四楼来我家坐坐。于是，海天出版社副总编辑于志斌、副编审韩海彬终于见到了遐迩闻名的徐凤翔先生。

二、两个海天人在徐先生家

徐先生住的是三室一厅的房子。这楼房以及家里的成色，一眼看去就知道是比较老旧的了。但是从入室走廊到客厅以及主人房、书房，墙壁上都悬挂了史诗一样的照片，还有小木屋主人自撰的诗歌之墨迹，记录了徐先生的科学生涯与体验，光荣与梦想。

海彬犹记得当时情景：同事老于在连声感谢徐老师不辞辛苦地去参加海天的图书分享会后，还捎带了深圳的 L 研究员向徐老师的问安。在了解了 L 上大学的时间与专业后，"那应该是我的学生了，可是我教过不少学生，又有几十年了，记不得他的名字了。"徐老师微笑中略显歉意地回应说，显然她是很开心的。徐老师与深圳不仅有学生的缘分，还有花木的缘分。她在好多年前来过深圳，对这里的绿化与花草植物印象美好而深刻。徐老师从内地去藏区搞生态植被研究，藏族群众开始对她的行为很不理解。她不受干扰与影响，只顾钻入天然林做自己的考察与研究。当地藏族群众慢慢地接受她了，而且称她是"辛娜卓嘎"——森林女神。徐老师拍摄了很多照片，墙壁上只是其中很少的部分。由于西藏一些地方现在去的人太多了，照片上的风貌已经消失了，因而徐老师很多年前拍摄的那些反映当地原生情状与森林资源的照片，就很是珍贵了。更有一张照片，展现的是雅鲁藏布江一个大转弯全景，非常壮观与生动，是徐老师在军用直升机上俯拍的，当时风很大，她差一点就被大风席卷出了飞机机舱，是冒着生命危险才得来这张照片的。"那天我先叫她大师，又称她太师，最后说'我应该喊您师太'。可是徐老师说：'我学生的学生都已经是博导了，你还是叫我老师吧。'她是很幽默的老太太……还讲了一些与黄宗英交往的一些故事。"海彬的回忆如此。

徐先生亲切而快乐地领着两个海天人在家里走走看看，说说笑笑，其乐融融。她不仅允许海天的"二副"在家拍照、允许提问，还耐心地为他们讲解一些照片、墨迹蕴含的故事。墙上有几幅悬墨，其中"耄耋倏忽过，风华往昔存。五味天涯路，千山画外村。原野云中乐，净庐道悟升。为保家园绿，夕阳化青春"落款是"芳龄八十作夕阳春"，是徐先生撰写的。"我常写这样的抒怀之作。"徐先生如是说。

三、从徐先生家到老国展

13点10分左右，徐先生与两个海天人登上一辆小轿车。在途中，徐先生不仅没有疲倦、打瞌睡，反而精神状态较佳，每问必答。这里节选三段对话如下：

于：黄先生有一句"一息尚存，不落征帆"，这是你们两人共同的座右铭吗？

徐：这是我的一首诗的两句。宗英姐很有同感，她还常说"我最喜欢的是这两句话"。当年我进墨脱共三次，第一次进墨脱后生了一场重病，恶性疟疾。在当地，据说得了恶性疟疾的人没有生还的，我是第一个生还的。我就写了"九死一生，墨脱庆还。雅鲁江畔，傍水面山。云朋松友，深情召唤。一息尚存，不落征帆"。这就是我的态度了，就是我活着出来了。大自然召唤我，我一息尚存，不落征帆。这两句话就是我的座右铭，我一直到现在也是这么遵循着去做的……去年春天，我女儿和我南下看望宗英姐，她给我女儿的书上，签的字就是"一息尚存，不落征帆"。

于：（指着路边"某某大森林酒店"）现在有植物总医院了，实际上就是花木长虫害了、染病毒了，送去治疗一下。挺好的，这也是进步呀。连名字也好，叫"大森林酒店"。

徐：这是林业局搞的。

于：噢，打生态招牌，也挺好的。现在有说深圳要建设成为森林城市。这样讲讲，只是个概念吗？您知道吗？

徐：不知道。

于：森林城市，您对此有什么看法？

徐：我希望深圳能真正是这样的吧。从历史角度来讲，深圳是一个新的城市。但是打这个牌太晚了。如果刚开始就有这个思路的话，那现在的人文方面、建筑方面，这个密度、比例方面就会不一样。现在有这个想法也挺好，增加绿呀，增加林呀，是吧。这个因素就会在那里的。你看这儿[1]，这算什么，房子森林！

于：我晚上要请你们坐一坐。

徐：我跟你说，不要客气，会议结束了我就回家去。我现在饮食非常非常的清淡，我不大参加这些活动，懂吧。我前两年出版了《高原梦未央》。去年中科协、中国老科学技术工作者协会约我写一篇东西。他们约我写，我觉得不能随随便便的。就这样好像我又前往西藏走了一次。写了以后人家很重视，分上下篇连续刊载，封面头版头条。我很感动。

---

[1] 徐凤翔老师一边指着路上高楼大厦之类的建筑，一边说："你看这儿。"

为什么呢？我不是为个人写东西，我是为我的事业——高原生态研究领域。高原生态是个比较冷僻的学科，我原以为他们感兴趣的就是航天啊升天啊。他们把高原生态作为头版头条。啊呀，他们帮助我做了我事业上最后一件事情。我这个上下篇送给你；《高原梦未央》也送给你。[①]

....

14点25分，徐先生到达了老国展，入场后以内大门为背景留影，随即到了一号馆广东省代表团的图书展览区。正在举办的一个新书推介活动已经进入尾声了。徐先生在海天出版社图书展区小憩，翻看一两本海天版图书。很快，简易会场的背景墙上，文字变成了"'我们眼中的黄宗英'——《黄宗英文集》新书发布暨作家作品分享会"。

四、"看到了宗英姐坚毅的眼神"

作家李辉与徐先生、周明、初小玲等聚齐，大家热烈交流了十分钟左右后，《黄宗英文集》新书发布暨作家作品分享会就开始了。徐先生是压轴戏——最后讲话。下午四时许，主持人李辉邀请徐先生发言。其间，李辉手持话筒、单膝着地凑到徐先生身边，以方便她讲话。此举令人感动。徐先生讲——

我去年两次探望宗英姐。清明节探望了，重阳节再去探望，我感觉在半年之间差别好大：宗英姐曾经清澈的眼神浑浊了，灵敏的思维也渐渐开始迟缓。我见到宗英姐时，她坐在屋子的一角，静静地思考些什么。当然她还能认出我，但是讲话已经十分迟缓了。今天在这里看到了给宗

---

① 韩海彬回忆了在徐先生家的一些情节，付方赞把途中录音整理成文字，一并感谢。

英姐出版的这套文集，我真是衷心感谢。这体现了对年长的、即将告别人生的老作家的情谊。你们有这份心意，在宗英姐的有生之年将她一辈子写的文章整理汇编出版，我由衷地感谢你们。

我觉得这套书也是非常有价值的，文集可以说是史诗性的：一是黄氏这么一个丰富的曲折的家族的历史；二是时代进展曲折、变化，坎坷、苦难的历史；三是宗英姐做妻子、做母亲、做养母等过程与经历，尤其牵涉她现在的状况；四是宗英姐的生活史是充满着爱和传奇的，但又有着太多的等待。此外，我更加觉得了不起的是宗英姐有几次小转行和几次大转折。"小转行"指宗英姐是初中生，现在社会好像很强调学历的重要性，但是大家看看谁可以和宗英姐的文化水平与写作能力相比！难道衡量一些事物的标准就是一张毕业文凭吗？还有就是宗英姐从演员到作家再到科研者的"转折"，我可以负责任地讲：宗英姐已经在我所钟爱的自然环保生态科学领域有所收获了。

每当我想到宗英姐科学艺术并蒂的这段历史时，就觉得她特别了不起。这对我也有很大的触动。过去，我们这代人对文艺从业者尤其是演员嗤之以鼻。所以当年宗英姐在成都看到我说要到西藏找我时，我根本不以为意。当在西藏见到宗英姐的时候我就已经蛮吃惊了，而且她还坚持要求留下来。后来，宗英姐给我看了她信里的一句话，那是说我就是她踏破铁鞋无觅处的那个人。这让我当时觉得很惭愧。我觉得这一段历史是可以载入文学与科学的历史的。我认为自己能够始终坚持在高原生态这个冷僻的科研领域继续探索研究，离不开这位文艺界、艺术界女士的理解、鼓励和鼎力支持，这些足以载入科学领域的史册。

我还记得那个晚上向宗英姐讲述自己对高原生态科学研究的梦想：从建立一个小木屋定位站，到建造一座研究所，再到建设高原生态科研领域。就是在这时候，宗英姐告诉我，要和我一起努力共同搭建并完成我梦中的那座小木屋，会帮助我将小木屋的理想通过文字先呈现出来。

我在袅袅的余烟中看到了宗英姐坚毅的眼神。至此，宗英姐也彻底解开了我对文艺工作者的心结……

五、徐先生心里的诗意

徐先生讲得非常动情，令大家都十分感动。徐先生的讲话说明了黄宗英是一位很早就关注中国生态研究的报告文学家，并将这种关注之情倾诉于笔端，写成《大雁情》《小木屋》等作品。

分享会结束了。年过八旬的徐凤翔、周明先生登上了海天出版社安排的同一车辆回家。周先生先下了车，徐先生到家时间较晚。小车开进了小区后，徐先生对海彬说：麻烦你再上我家一趟，我要把书与杂志给你们。

在家里，徐先生拿出两册《高原梦未央》以及两册《今日科苑》杂志。《高原梦未央》是一部散文体的回忆录，抒情隽永，诗意绵醇，理趣俯拾皆是，字里行间洋溢着科学精神。"梦未央"是高原生态科学之梦无边无尽，还没有做完的写照，也是对"一息尚存，不落征帆"的又一种阐释。《今日科苑》2016年9月10日上的头版头条，是徐先生的《高原生态引领我攀登终生》。徐先生在两本书籍内页为于志斌、韩海彬分别题写了几行字后，连同杂志一起交给了海彬，嘱托并话别。

此时已是晚上18点50分左右，2017年1月12日还剩下几个小时。为宗英姐的大恙而焦虑，为生态"小庙"现状而纠结的徐先生心里有了一些诗意，很快便有了腹稿："有幸尚居人世间，'心债'未完难休闲。

异日绝尘缥缈去，祝祷大千添绿颜"……

窗外，万家灯火，如水月光；还有草木摇曳的呢喃，灵溪流动的歌吟①。

于志斌

（2017年7月9日刊于《深圳商报》，略有删节）

---

① 徐凤翔：《高原生态引领我攀登终生》。

前言

　　我的一生，概而言之：专业、生活。专业贯穿始终，生活"服务"于专业。而"服务"二字内涵甚多，如：常年"离家别子"投身山林；亲友各方鼎力支持；还有动植物的关爱慰藉。这些都是我得以深入从事专业的动力和助力。而我除了感激，更有亏欠，且常为之抱憾。

　　如今年已九十，时日无多。回想过往，重情难以为报，只有永铭于心，概述于文，以表万一。

　　对于书名，我也思考良久，原用"晓风·残月·亲情"，但自感"残月"过于悲凉，与我的心境不合。而我每次"出征"，都的确是壮怀激越，因为有我的专业使命，有我的云朋松友的召唤。虽明知前途艰辛，仍坦然赴之，无论月明、月缺，故改"残月"为"明月"。

目　录

战乱中成长

徐凤翔
回忆录

记得几年前，与"绿家园"的友人登上长江南岸的"北固亭"，我被邀请讲山川形胜。真是江天一色，两岸旷野宁静。"何处望神州？满眼风光北固楼。千古兴亡多少事？悠悠，不尽长江滚滚流！"诗人辛弃疾的名句涌动于心，幼年时期的回忆在我的脑海中更加鲜明起来。

　　1937 年正是全面抗战爆发前夕，民众到处逃难，各家父母忧心忡忡，为儿女着急，尤其是有适婚年龄的女儿，尽快安排婚嫁是一件大事。记得那时丹阳一位亲友家办喜事，宽敞的厅堂前摆放着几件洋鼓、洋号。不足六岁的我是个"傻大胆"的小女孩，被他们安排跳个舞来增加喜庆的气氛。我就随着鼓点声，伴着乐曲，边跳边唱："太阳出来渐渐高，姐姐拿棒打樱桃。人太小，树太高，脱了鞋子上树梢。走路带狗你别笑，我家弟弟要樱桃。"这既活跃了气氛，又讨了喜气——早生"贵子"，众人开心地起哄，一遍不够再来一遍！那时的我，真可谓是"少年不知愁滋味"啊！

越江避难 情景永记

随着日寇铁蹄的逼近，山河破碎的祖国，到处兵荒马乱。避难的人流席卷着江南大地，我们也是其中的一粟。我们一家从丹阳小镇过江奔向苏北扬州郊野。当时渡江的情景我还有依稀的印象：灰蒙蒙的天空下，慌乱的人群，争相拥挤着登船。飞机的轰鸣声、炸弹的爆炸声、人们的哀怨声交织。

我在比我大十多岁的姐姐的背上，从盖头布下，向外张望：看到父亲搀扶着怀孕的母亲，看到在镇江木材厂当会计的姨父带着一家人来和我们会合，他头上包着渗出血迹的绷带，听谈话是被爆炸物飞溅砸伤的。

而今八十余载过去，当我再次站在北固楼上，看着辽阔的江面和两岸宁静的郊野宅区，回想起往昔的情景，真是感慨万千！

当时由江南至江北，还不能停于城镇。因为姨父有伤，怕被日本人误认为是伤兵，所以只能再向村野偏僻处而去。最后寄住在一友善的农户家。

接待我们的第一餐，是他家尚余的半碗玉米面糊糊和一盘飘着淡香的炒豆腐渣。虽然当时母亲正怀孕最需要营养，但是家人把这半碗粥给了年龄最小的我，至今我记忆犹新。

那时农村也不安全，白天黑夜都防着日本鬼子"清乡"骚扰。只要狗叫得厉害，大家就会警惕起来，尤其我家大小多人，又有怀孕在身的母亲，更要提前行动。所以夜里一听狗叫，就准备避难。但往往是我最先听到狗叫，马上"报警"叫醒妈妈。左邻右舍也因此总夸奖我机灵。

而我也是个既调皮也讨人喜欢的小孩，小脸圆嘟嘟，两眼亮晶晶，活泼好动得像个小子。我家原来的家境尚好，子女众多，我排行第九。

但哥哥姐姐在很小的时候就陆续夭折，甚至有一年接连夭折了三个（其中两个因为麻疹一周内相继病故），这样我便成了"老三"，大家就叫我"三少爷"。

避难时日 乡野感召

在较为平静的时候，也有些农村的田野活动和游戏。房东家有个女儿，比我大十多岁，名叫"连弟"，是盼着有个弟弟之意。而我的姐姐叫"凤莲"，我就叫连弟"莲子姐"。她很喜欢我，经常带着我爬高走低，去麦场上碾麦穗。有时莲子姐用一只脚蹬着石碾子"碌碡"碾麦穗，把我抱站在碾子上，时不时提一下，再轻轻向前滚动。而我不但不害怕，还感觉要腾飞起来似的，在劳动中寻找快乐。

莲子姐有时又会把我送上柳树两枝主权间的木板上，坐"高"远眺周围的田野。

当时正是秋收时节，莲子姐带我去打谷场。那里有两三米高的麦秸秆堆，阳光下金光闪闪，像田野间一张张宽敞的大床，我看得新鲜而入神。莲子姐看出了我的心思，让我踩着她的肩膀往麦垛上爬。当我战战兢兢地爬上去之后，起先身子紧紧地匍匐在麦垛上，眼睛也不敢睁开，一股股麦香夹杂着阳光的温热扑面而来。渐渐地，我紧张的心舒缓了下来，睁开眼，爬起身，坐在高高的麦垛上。环视辽阔的蓝天、平展的田野，还有小鸟在近空展飞、叽叽喳喳，好不惬意。当时这样一幅天高地阔的画面伴着阵阵麦香，在我心里就留下了不可磨灭的印记。这些活动可能就此给我播下了"登高望远"的种子。

有时我也会过于调皮。因我属羊，故很喜欢羊，常想与其玩耍，采叶子喂养它们。有一次，和小伙伴"小腊子"在池塘边的竹林采竹叶，记得那时正值腊月，竹叶稀疏，想攀高多采时，池塘边松软的湿土让我和竹丛一起塌陷进了池塘，水一下子就浸没至我的大腿。

一直在竹林边看着我的"小腊子"，当时就吓得呆住了。我倒是"临危不惧"，颇有"大将"风度地叫她"快回家叫人来救我"。不一会儿，来了一群人，有拿长竹竿的，有拿铁锹的，俨然一副紧张的"抗洪救险"的架势。

当我被拉上岸回家后，母亲和姐姐边为我换衣服边埋怨我不该去池塘边给羊采竹叶，我理直气壮地说："草都黄了，羊都没吃的了，我要帮帮它们。"这就是我对绿色最基本的感悟——是大自然提供生灵生存的食粮。

在农村待到秋冬，母亲快生产前，我们一家人便回到了扬州城。当时回城坐的是一路叽咕叽咕响的独轮车，所以又叫"叽咕车"。母亲坐在一边，父亲抱着我坐在另一边，颠簸着从乡下田埂上的土路往扬州城走去。路途中看到收割之后的苏北大地，远远近近的只有村庄周围的几棵光秃的树，苍凉辽阔。

当看到扬州城门时，我兴奋地唱起了当时流行的歌曲："大刀向鬼子们的头上砍去……"父母亲赶忙制止，说："不能唱，不能唱，快进城了，唱不得了。"

抗战前夕的我（五六岁）

我的母亲陈氏

我的父亲徐云程

少年志向 驱寇卫家

我读小学和初中期间，主要在扬州城里度过。那是日寇占领笼罩下的少年阶段，我由衷地在压抑、仇恨、发奋、爱国的情绪中孕育成长。如果说还有一些轻松氛围的话，那就是走在旷野河边，感到天地、山水、一草一木、园林皆是我国的家底，尤其在亲友家小院和公园中，似乎进入了一处处童话式的高远的境界。那在假山石洞里生长的兰草绿叶飘摇，回廊石桥下的荷叶上露珠滚滚。乔树灌花，生机勃勃，使我忘忧，引我奋进。这些绿色的小环境，培植了我的爱国情怀和对大自然的崇敬，更可能是指引我进入林家大院的一个导因吧。

但是在此期间，家中有两次重大的变故，其一是妹妹被邻家患麻疹的小孩传染，在四五岁时就不幸离世；再有便是母亲长期受妇女病折磨直至病故。我母亲在生了妹妹之后就一直病着，基本卧床。有件事我至今还揪心地痛——那一天全家人围坐圆桌吃饭，桌上依旧只有一碗大白菜，我不知怎的，突然吵起来："顿顿吃白菜，吃不下去了！"当时在卧室里的母亲听到后，叫我进去，给我夹了一大块鸡肉，说："我喝点汤就可以了。"过后，我姨妈单独与我谈话：家里买一只鸡很不容易，而且病人要吃全鸡才有效。我听后似乎立即懂事长大了些，此后再也不嫌饭菜清苦了，而且加深了对日寇侵略的仇恨。

1945 年，我这个初中少年，心中永记两件家国大事：

一是母亲不幸病故。我当时真有全身发冷、孤苦无依的感觉，因为父亲常年在外工作，姐姐年长，即将出嫁。我感到母亲的病就是因多生子女而造成的，是那个时代妇女的悲哀。

二是抗战胜利，日寇投降。我们热血少年由衷地欣喜，当时我还想去投奔新四军。我跪在蒲坨垫上向母亲遗像祷告：要告别家庭去参军。姨妈与姐姐极力劝阻，加之后未打探到苏北新四军的消息，故而心愿没能实现。

青年时期 进步向上

高中时我除了学习各门功课外，对语文更有兴趣。在一篇作文中，我以去郊外瘦西湖寺庙观光为题，用颇为调侃写意的笔触，描写了香火鼎盛、男女信徒跪拜的姿态等场景。教语文的孙老师当时在课堂上介绍了我的作文，评语是："颇得张岱小品之趣，文笔生动不凡。"这对我的专业爱好起了导向性的作用。

平日在家，我也经常阅读文学书刊。我家中有一对摇椅，躺在上面边摇摇晃晃边看书。暑假期间，我在摇椅上，换着不同的姿势，惬意地看了很多小说和古典诗词著作。其中《红楼梦》我连续看了三遍。第一遍看时囫囵吞枣，只看故事情节。第二遍看时较细地读了大观园景观。而第三遍看时便对其中的诗词有所品赏了。所以老师的鼓励和自我的爱好，是能决定人的专业走向的。

同时，我还阅读了大量的苏联红色进步书籍，如法捷耶夫的《青年近卫军》、高尔基的《母亲》、奥斯特洛夫斯基的《钢铁是怎样炼成的》。这些对我当时世界观的建立起了很大的奠基作用。尤其是奥斯特洛夫斯基的至理名言："人最宝贵的是生命。生命对于每个人只有一次。人的一生应该这样度过：当他回首往事的时候，不因虚度年华而悔恨，也不因碌碌无为而羞愧。这样，在临死的时候，他就能够说：'我的整个生

庆祝抗战胜利

1949 年高中毕业

命和全部精力，都已经献给世界上最壮丽的事业——为人类的解放而斗争。'"这一切对当时的青年学子绝不是轻松的口号，而是诚挚的人生座右铭。它至今还清晰地萦绕在我的脑海，激励着我的一生。

当时正处于解放战争期间，学生中的进步风气较浓。给我们上政治课的老师是位地下党员，经常给我们讲述一些进步思想，因而学生间自发地组织学习会、出墙报、传阅苏联进步小说等。学校后院中有座小小的塔，就成了我们的联络根据地。后来我们在学校附近的一位同学家中成立了反对国民党的进步小组，一起怀着对进步的向往，对革命的期盼，追随共产党，写文章，刊印小报，迎接解放。

高三下学期临近毕业时，长江以北先迎来了解放。我一心准备高中毕业后参军、参干，投奔解放军。但家里突然发生了变故，改变了我的人生走向。

家中变故　父女相依

我的父亲原在南京下关港务局任职，大概是中高级技术人员，带领三四人的技术小组（其中有一名是我的过房姐夫）。父亲每年回家一两次，相当于我们的寒暑假。

1949 年，我父亲已年过七旬，才"告老还乡"。父亲一直工作到耄耋之年，想来一是为了培养我读书，二也是为了照顾我的过房姐姐一家。

父亲告老在家时，二姐已经出嫁，仅我和父亲相依为命。那年暑期正是渡江战役期间，学生活动频繁。某晚，一位同学来家找我，我已外出活动。父亲接待了他，送他出门时，父亲被门槛绊倒摔了一跤。原以为是个意外，后来才明白是老年人的中风。

当时我束手无策，父女二人茕茕孑立，父亲的病变也让我的参军之梦成了泡影。之后的一年半中，我一方面心情甚为焦虑，投奔革命的愿望无法实现；另一方面又不得不照顾生病的老父，邻里乡亲都觉得我是个孝女。但其实我仅仅是按捺住焦急的心情，白天照顾父亲的一日三餐，出去买米背柴，夜晚则积极参加青年团的活动和担任妇女识字班的工作。

解放初期，党的干部走街串巷到各家各户了解情况，看到我家书桌上有刘少奇的《论共产党员的修养》和毛泽东的《新民主主义论》，感到我是一个进步青年，向有关方面做了介绍。曾经要我去县政府当秘书(因为是一位女县长)。当时父亲病重，无法自理，姐姐也拖着一个不满三岁和一个只有数月、嗷嗷待哺的孩子，无法尽孝为我分忧。父亲知道拖累了我的前程，但身边又不能离我，只是凄惨落泪。此后社会主义青年团街道支部陈书记和另一个团干部来我家访问。当时我正背了一大捆芦柴回家，累得汗流满面，乌黑的头发上还粘有芦花。女学生还能如此勤劳，给这两位团干部留下了非常好的第一印象，因此我有幸成为一名社会主义青年团团员，当了街道青年团的宣传委员。

我父亲名云程，号鹏，是一个有文人之心的人，爱惜一切有文化底蕴的物件，也乐于收藏它们。父亲中风后，我们家中为了给父亲治病和维持生活，将父亲那些收藏逐步变卖，其中有唐伯虎、祝枝山的字画，几只小鼎，和数套精美的三件套餐具等，皆是由一个提着箩筐的"收破烂"的人收去的。

我迫于生活，又不懂变卖，他精于压价，三言两语的，只用几角钱、几元钱一件(套)，便收走了父亲以一个普通职员的身份、用大半生苦心攒集来的心爱之物。最后，老父在家中的收藏几乎皆无了，只留下刻着"东海堂徐"的小石碑嵌在墙角。

父亲中风后，只能躺或坐在摇椅上。至今我还保留着老父亲三餐、喝茶用的摇椅和小茶几，亦是传家宝了！姐姐每隔十来天会带着自己的两个孩子来帮忙照顾。姐姐来时，我们会帮父亲洗澡，这对行动不便的老父而言，是既期盼又难得的活动。但父亲是位"老绅士"，坐在澡盆中，从未脱去过中裤，既保留了自己的尊严，又照顾到两个女儿，尤其是我这个小姑娘。

父亲病了一年半，就在卧床与摇椅上度过，陪伴他的没有现今具备的、可供消遣的任何视听设施，只有一串佛珠，一直被他轻轻地捻动着。而我虽然身在家中，却一心向往参加革命活动。虽然为了照顾老父，谢绝过政府工作人员的备选，错过了参军、参干和抗美援朝的机会，但我心情矛盾而焦躁，缺少对卧病老父的理解与精神关怀。

心怀焦虑 亦感愧疚

近年来，随年事越长，越发对父亲感到愧疚。那一年半的时间，设身处地，对我老父来说，应该是很难熬的阶段！如果当时我静下心来，花点时间，陪他聊聊天，听他讲经历、谈家史，我想，这对解除病人的寂寞和无奈是会有很大作用的，也是我尽孝的必须，而且还可以了解老父的一生。

1951年的早春，我的父亲过世了，我也似乎尽了做子女的责任，终于可以自由地走向社会，投身未来！

父亲走后，留下了在扬州的两大进房子和两套普通民居房，以及被我变卖得所剩无几的家具。这两大进房子是父亲用了一辈子的工作积蓄直至抗战前才盖成的。之所以选在扬州，既是听了友人的建议，也是他对"二十四桥明月夜，玉人何处教吹箫"的繁华扬州的向往。

我原有兄姐九人，父亲一直期望着儿孙满堂，盖了两大进房子，盼着在扬州这块土地上，用家中一直挂着的那柄箫，教儿孙吹奏，安度晚年。但九个子女，只剩下姐姐和我，这是我们家族和我老父亲的悲哀！

父亲丧事结束后，我把家用必需的物品和几件纪念物品，集于一屋，其他房屋全部无偿奉公，房契烧毁。一同"烧毁"的，实际上是老父亲大半生的苦心经营与一生的期盼。我似乎是轻松地走出家门，实则是犯着"左倾"的幼稚病而弃家。

之后我去了南京，备考大学，住在湖南路的朋友家和山西路的大姐家。在草屋门前的竹林中，席地而坐复习功课。半年后我考上了过去的中央大学（即后来的南京大学）的森林系。记得我还把老父亲用过的一双象牙筷留作纪念带到了学校，后来放在食堂中被窃了。我还带了一只袖珍版的紫铜小蒸锅留存，但后来也割爱献给团组织，化了做团徽用。

林苑中育才

徐凤翔
回忆录

一个人的一生、志向和道路，有必然性也有偶然性。对我而言，一年半的照顾老父，错过了从军、从政的路，但也走上了如今的科学之途。

前辈感召　引领终生

我选择报考南京大学森林系的起因是在护理老父的一年半间，经常去新华书店看书，有幸阅读到《中国林业》杂志，其创刊词由梁希教授（新中国林业部第一任部长）所撰写。梁部长是原中央大学森林系教授，他的创刊词满含着对国家河山、森林原野的热爱，以诗化的语言作专业的号召："让黄河流碧水，教赤地变青山……"这在我心中植根萌芽。因此我第一专业志愿、第一报考学校是南京大学森林系，而我深爱的文学则成了我的业余爱好。

考入大学后，我孑然一身，但感觉很轻松，踏上了求学路，似乎投奔了新家园。当时的南京大学农学院和医学院在南京丁家桥，森林系就位于校门内东侧的一座木屋。

入学前，我与学院校园已有一段渊源。刚来南京时，我的团籍转到了农学院后门外的南京二中，所以我几次穿过整个农学院去参加活动。进入校园，当看到一座屋顶尖尖的小木房，挂着"森林系"的木牌，不由得走了进去。这里安静而质朴，长长的木质回廊，周围有多种花草树木，其中有一株挺拔的树尤为突出，枝叶伸展飘逸，形如凤尾。后来方知是我国的孑遗树种水杉，是郑万钧先生、干铎先生等发现和命名的，我还在其下拍照留念。后来读书时，就常在回廊的教室中上课。

林苑扎根　思想融汇

我们的课程安排很有专业思想教育的深意和宏观的介绍，首先由几门专业课老师合作讲授《林学概论》，介绍我国的地域特点、森林分布、组分类型、特色优势以及现存挑战和未来前景等等，把刚进校的青年学子引向了绿色的家园和多姿多彩的天地。当时，我们一个小班，十几名同学，每人一张扶手椅，听着老师的讲解，又记又思，真是投身到绿野与科学的世界中了。

记得当时农学院中，农林牧的老师是跨科系承担教学任务的。我们一、二年级的课程中，植物学、植物生理学以及米丘林学说（遗传育种学）是农学系的老师任教。至今我还记得植物生理学的朱老师（教授）上课时的风采：两张小卡片，黑板上随手绘制出精准的剖面图，讲授植物的形态结构、生长发育、物质代谢、能量转化等的生理机制，使我对植物体内部的系统与运作有了细微而规律的认识。这为我 30 年后援藏时，勉力承担植物生理的教学任务打下了较为坚实的基础。

米丘林学说给当时的遗传育种课程注入了新的内涵，强调了遗传的变异性。授课的是位留苏回来的年轻老师，他接受的是米丘林学派的观点。但他的教学方式较为灵活，经常让我们分成辩论的两方，对一些问题进行讨论。课堂上气氛十分活跃，同学们甚是投入，既深刻理解了知识，也活跃了学习思维。正是这门课，使我更认识到无论哪门学科不一定只有一个答案，真理往往是在不同思想碰撞后，深入探讨辩论而越发明晰的。

当时的基础必修课中有一门俄语，这是我第三次学习外语了。小学高年级到初一时，沦陷区的我们被强制学习日语。国仇家恨，哪有人肯踏实学习？1945年后，从初中到高中学习英语，但"沈崇事件"发生后，全国学生反美情绪高涨，游行罢学，又使学习英语的劲头受了影响。解放初期，中苏关系紧密，学习俄语我们都十分认真，我常能拿到5分（满分）。俄语老师曾是大使馆的秘书，教学水平很好，与学生关系也很融洽，曾提过欢迎我们去他家做客。但很快中苏关系紧张，俄语不再是必修课了，这位老师也就踪迹全无。我们几名同学曾想组织一个翻译小组来巩固俄语，但政治辅导员上报后，未予批准，因而我的俄语至今也就只剩几个日常用语了。

回想我们学习三种外语的经历，三次皆因政治因素而学，也因政治因素半途而废，这既是时间上的损失，又是知识上的狭隘，实际是思想幼稚的表现。

对于专业课的老师，有几位给我留下了深刻的印象。我们所学的专业课程，理论与实践紧密结合。树木学是郑万钧教授亲授的，他是我国著名的树木分类学家，也是我国孑遗树种水杉的命名人之一。课堂讲授树木分类的系统与理念，标本室供采集制作与识别，更有野外实习观察分布生长等内容。

记得暑期郑老带领我们在安徽琅琊山实习。时值雨季，山地陡滑，郑老就拉着我们攀爬在石灰岩的露头上。我们住宿在琅琊庙里，这里有位和尚是大学生，他因为不满蒋介石的统治而出了家。这让我们感到十分有意思，因为琅琊山是座文化名山，古有欧阳修等文人墨客游于此地，今又遇见有着文人之骨的人，故我们交谈得颇为投机。

还记得毕业前夕，郑老曾问我是否打算读研究生，他准备招两名。我向他表示感谢，但反映了我有一个姐姐和姨妈需要照顾，只能婉拒了。

另一位我尊敬的老师是教授森林经理学的干铎先生，我们暗地里叫他"三板先生"：低头看地板，平视看黑板，抬头看天花板。其实他课教得很好，平日也是一个很风趣的人。我们大四的课程实习是他和一位年轻助教带的，在浙江建德林场（现在有些地域可能在千岛湖水下了）。实习过程中，我们一个班的人分成四个小组，干铎先生就在四个组之间巡回指导。

我们小组当时恰好调查到一片黄檀林，生长较好，就询问干先生，可否选择黄檀作为培育对象之一。干铎先生当时很气愤，使劲用拐杖在地上敲，说："难道我们只培养锯子柄吗？"（因为黄檀的材质虽紧密而坚实，但其生长甚为缓慢）同时他向我们阐述了国家当时的林业现状与培养速生丰产林的要求。

之后突然下起了雨，他就带我们去附近的庙里躲雨。而这个庙此时已经成了一个"道士之家"，干先生向道婆借了一套大襟的农家衣服，让淋湿了的我到里面去换下来，还戏称他们这些人是"诸神回避"。等我换好衣服出来，他又调侃我道："好一个俊俏的村姑。"所以说干先生是一个幽默风趣之人。

丁家桥森林系内初晤水杉（1951 年）

女大学生（20 世纪 50 年代初）

少年壮志（毕业前夕）

实验准备

新建校门前留影

采种实习（1954年）

庐山实习（1955年）

绿化荒山（下蜀林场）

事后，我们还了解到干先生的经历也颇为曲折不平。解放前，他是地下党员，但长期未得到批准转正，我想他内心也是焦灼的。

1969 年的暑期，干先生参加学院组织的教工黄山游憩活动，沿途观山评松，谈笑风生。当在松下休息时，干先生环视群峰，说了一个"好"字，就溘然长逝了！消息传回学校，人们不敢置信，既十分悲痛，也很称奇。在如此奇山异松的环境中"无疾而终"，其高洁的灵魂将永远悠游在大自然的长空中！

我毕业之后，本不想留校，却偏偏留了下来，分到了森林生态组。当时生态学科带头人是刚从国外回来的熊文愈先生，他思想开明，同时也是一个对诗文颇有修养的人。我和他还时有诗文对应、求教。在1978年，在欢送我援藏的会上，他就以长诗相赠。此后 30 多年间，我有关西藏的科研论著都会奉送他请教，他都以诗词鼓励唱和，因此我们师生之间的交流很频繁。熊公不仅是我专业上的前辈与同道，也是我文学上的忘年交与知音。

还有一位老师，我虽然没有聆听过他的教诲，但他对学科的勤奋、治学成果的丰盈、为人的朴实都使我很是敬仰，他就是叶培忠老师。

他的家与我们的宿舍相隔不远，我几乎每天凌晨四点左右就看到他家的灯亮了。平日我们看到的他，总是一袭布衣，去田间圃地实地操作，真正数十年如一日。这种科学性的实践让他获得了无数的成就，如早在上世纪 40 年代，在天水引种牧草和保护野生植物 300 多种，此后选育观赏性植物 300 多种，还成功地进行了树木杂交育种。培育的杂交马褂木被选为北京奥运村绿化树种。还选育了黑杨，在苏北形成了产业化等。这些成功实践都得益于他深厚的理论功底。

他还培养了众多的年轻教师和研究生，成功地组织了育种科技的科技团队，将人才的"种子"播撒到广阔的基层大地。对于叶老的人才培养系统，我深感可以视为人力资源绵延的"山系"，他，就是这"山系"中"领军"的巅峰，是林业界当之无愧的一座丰碑。

记得在我援藏临行之前，走在从宿舍去教学楼的途中，叶老在我的身后叫住我，说："徐凤翔，好！好！"平日尽管我对叶老深为尊敬，但缺少接触，他突然叫我，我已经感到非同寻常。他只说了一个字"好"，再重复一次，还是"好"！慈祥的微笑让我感受到一股温馨的春风，我知道这是叶老在肯定我的援藏之举。现在想来，这个"好"字何止是肯定！它更是深切的鼓励与殷切的期望，是浓浓的长者情怀！

1978年岁末，当我在西藏听到叶老在讲台上晕倒过世的消息时，甚为震惊！我走出门外，面对连绵的雪山与苍茫的林海，叶老敬业的精神似乎就在那里指引着我们，沉重的哀思久久凝结在我的心头。

我认为，叶老的科学成果和他的精神品质，是林界、学界乃至整个社会迫切需要树立的典范，相当于农业界杂交水稻育种成绩卓著的袁隆平先生，而在时间上叶老比袁先生还要更早些。

我时常怀念叶老，怀念他在育种科学上的切实成就，怀念他奉行"捧着一颗心来，不带半根草去"，成果荫及山林，精神化为沃土的高尚情操。

我感到，作为一名老师，应该对学生在知识上启蒙、专业上定位、志向上支撑。所谓"师"，不在于教与未教，不在于专业是否相同，不在于距离是远是近，也不在于是人还是物——自然万物，而在于精神上的感召、志向上的坚定、专业上的探求、内涵上的指导。

具体而言，梁希教授没有教过我，我们也不曾相见过，但是他以诗化的语言作专业的号召，我就进了林家大门，终身从事绿色生态事业。

育种专家叶老师与我不是同一学科，接触也很少，但对事业和人生的态度是相通的。熊公与我阶段性地诗词唱和，师生与同道的情意绵长。

受教于理念沃土 践行于绿野天涯

对我来说，在林苑的生涯，接受培养造就成材的过程，师恩之重，既有知识的，也有实践的，更有精神的。我所学习、从事的学科，实践性很强，大自然在我们面前展示了一卷百科全书。我国的林区，无论在平面（地区）与立体（垂直带）范畴，其组分与生长，均丰富多姿，其生境与适应，均各有特色。在学习、受教与实践的过程中，自我的思忖与探求是提升理念、概括哲理的必经之路。所以有形与无形、有声与无声（古今书籍道义）之"师"，是造就我的专业之爱、心志之坚、技术之实、探究之切的源流与沃土，推动我走向远方，走向林海高原。

我总感到我学习的是连天接地、绿染山河、护卫生命、探求哲理的专业，我从事的是既普通、艰苦，又充满诗意的事业。而这一切，皆是我在林家大院中、众师引领下，所学、所行、所悟的造就，是对我在投身高原之前的培植。所以当我站在海拔 5400 米的珠峰大本营，极目远望，想起梁希部长的诗句，我不由得咏出了"白首冠环球，玉洁写春秋。遥祝人寰处，坡绿碧水流"，道出了我的心声和祝祷。

动乱中成家

徐凤翔
回忆录

人的一生，有不同的阶段，似乎是历程中的一处处隘口，有分道的功能。回顾 60 多年前的 1955 年夏，我由莘莘学子中之一员，结束四年的求学生涯，将跨出校门走向社会。

其时，南京农林学院将一分为二，林学院出城建院，已在锁金村建了甲、乙两栋大楼。我们等待分配的毕业生——两女三男，临时看守新校楼。

当接到返回丁家桥，参加学院毕业分配典礼的通知时，我们非常激动。我穿上预留的自认为最好的衣服（一种浅粉底、小白花的短袖布衬衫），迎着湖光山色和朝阳，经由湖面上清晨一望无垠的荷花与荷叶露珠，步行穿过玄武湖。

分配名单公布，我被分配留校任教。听到后，我感到有些遗憾。因为当时的年轻学子，绝大多数都争着要到国家最偏远、最艰苦的地方去。我就想到台湾林区（当时以为解放台湾指日可待）、东北林区、西南林区（那时还不知道，更没有想到西藏还有林区）。但是，服从分配是责任所在，于是自我说服教育，应该在教学中继续学习，做好工作。

留校教学专攻生态 补修基础初识范君

开学之初，我被分配在熊文愈先生所在的森林组任助教。干铎先生（系主任）组织了一次跨系青年教师有关教学安排的交流会。当时分配我兼任一门土壤实验，但我们所学的化学课，只学了简单的普化。我便在会上提出：自己化学知识不足，需要学习，争取胜任。同时也表示，基础学科的教学过程也是为我的生态专业积蓄知识，触类旁通。这也是我与范老师的第一次谋面。

此后，学校组织中秋节青年教师联欢活动，要我负责林学系，范老师负责数理化学科，还有一位教俄语的陈老师。为了照顾住在城里南大的陈老师，我们三个约了在玄武湖见面商讨，这是我与范老师的第一次正式接触。

我先到了约定地点，不久范老师也来了，但陈老师迟迟未到。等待中我们便随意地交流起来，得知范老师家住上海，父母双全，是家中独子。而他虽然也被复旦的建筑系录取，但还是选择了南大的化学系。当说起上次交流会时，范老师就主动提出帮我补化学。

相识相知

于是我们就约好，在做实验过程中遇有问题，即可去问他。所以我常常在晚自习时，请他辅导，感觉他很用心，使我收获很大。有意思的是，他的抽屉里总有一罐饼干，常在教学结束后请我品尝。我开玩笑说，自己没有带"束脩"谢老师，反而还让老师请客。范老师当时没有负担，经济还算富裕。

范老师做实验很是认真，他说，做实验要细致，点点滴滴都要非常精确。我顺口作一首打油诗：点点滴滴、摇摇晃晃、蓝蓝粉粉、幻幻化化。范老师听后赞扬我文思敏捷，"触类旁通"。我理解到，初次见面就给他留下印象了。

大约过了三个学期，他家里知道了我们的关系，问起结婚的打算。我当时不想过早成家，还有点"畏婚"情绪，提出了两点"理由"：一是不愿影响工作和专业进修；二是还要接济姐姐与姨妈。姐姐家中孩子多，姐夫工资微薄，而姨妈家远在西南。我以每月一半的工资帮助她们两家。

范老师听后毫不犹豫地跟我说："你的专业既有理论教学，也有野外实践，我当然理解支持。"他还说："至于你要照顾亲人，我会和你共同资助他们的。"此后，他在长期的行动中，不仅共同承担，而且是主动用心加码，真使我感动。有时与他"光火"时，想到他平时对我家人的点点滴滴，"怒火"不由得减弱直至熄灭了。

其时婚庆尚简朴 半间"灶屋"作新房

1957年1月27日，我和范老师在上海他家成婚。他家有三间平房，灶间的后半段是我们的新房（不到10平方米）。范老师和他的家人都对我感到抱歉，觉得新房太不正规。我不介意地说："白毛女半间草屋做新房，我们现在是半间瓦屋，已经不错了。"范老师还补充说："这半间瓦屋，实际是半间'灶屋'。"他母亲一直怀有补偿的心情，积钱买了整套红木家具，后来运至南京我们的小家。因为这套红木家具，范母在"文革"期间被认为是"资本家"，罚去扫地以"劳动改造"。

当时成婚后回到南林，学校分配了一间与另一小家庭合住的宿舍。室内陈设非常简单，一张木架双人床、两张书桌、两把椅子。我们两人将行李、书籍一合，就开始了简朴而温馨的小家生活。

此后的半个学期，除了正常的工作外，记忆深刻的有三次（蜜月）活动。一是婚后由沪返程时，经苏州参观了几处园林，那时没有游园的人影，我们静静地品赏，远胜过当前的蜜月之行。二是去了一趟玄武湖，是对初次接触的回忆；经过初约之处时我们俩相互一瞥，心领神会微笑而已！三是他母亲利用假期到南京来看望我们，游了中山陵。那天阳光明媚，

1957 年仲春

绿树葱葱，游客也不多，所以我们玩得很尽兴，也拍了一些美好的照片。此后乘兴，我和范老师还到珠江路补拍了婚纱照。这是我们婚后生活的平静阶段。

派出考察培养 扎实课业根基

当年夏季，我参加了苏联生态学专家科比柯夫到广东鼎湖山林区考察的团队，收获颇多。此时"反右活动"已经开始，学校出现各类大字报，有些言论过激，甚至出现了对党员干部的诋毁。当时范老师认为，他所能知道的和接触到的党的干部与党员，都是为公、为民，并尽力奉献的。他鲜明地对反党言行进行了分析批判。一向温和的范老师在一些人沉默时的表现，让不少人感到敬佩。鉴于范老师的表现，学校党组织很快就发展他入了党。事后他告诉我，他心中还有具体形象的就是像我这样工作竭力、为人真诚、一心向党的人，申请入党后还一直被考察，说明党是很严格的。

婚后两年，范家多次问起我们为何还没有要小孩，当时我为了不影响工作，加上还不到30岁，并不急着要孩子。

1959年年初，我又获得了一次进修机会，随苏联专家苏卡乔夫到云南进行专业考察。我欣然前往，沿线观察云南松林、针阔混交林结构的亚热带植被类型，沿垂直带一路向上。我们曾住在洱海边，面朝波光粼粼的洱海，背倚绿意葱茏的苍山，不仅考察物种多样性，还到蝴蝶泉看到了蝴蝶相连成串的奇景，我的心境也如山水、绿树、野花一般，融入西南高原的山林中。

当考察到海拔 4000 米暗针叶林带时，天气就开始变化无常，时而晴天，时而暴雨冰雹，有时冰雹有鸡蛋、拳头大小，能砸伤牛羊。

因身孕中途劝返 心有愧愈加奋进

我特别珍惜这次跟专家学习、与同行切磋的机会，有了很多收获。来自全国农林院校的 10 多个女教师住一间宿舍，关系非常融洽。一日晚间，我突然有点反胃，生过孩子的女教师问我是不是怀孕了。经队里的医生检查后，确认是怀孕了，我的心情一下子跌到了谷底。考察队得知后，安排我离队回校，我为失去这次专业进修的机会而遗憾，更感到有负学校培养及安排，无奈黯然而归。

回校后带着一种弥补的心情，我力所能及地投入教学工作。至于妊娠的反应较重，心情不好，也只是在家与范老师发发脾气，但是范老师很理解迁就我。

我在云南期间，姐姐生了第五个小孩，是女孩，她婆婆嫌小孩太多，婆媳关系有些紧张。范老师知道后，特地多寄了 10 元钱和 10 斤粮票，当时这点"追加"还是很有"分量"的！她婆婆态度立刻就有明显好转。我知道此事后，觉得范老师对我姐姐家很好，我对他的态度也就温和些了。

直至第二年 1 月 18 日的凌晨四时左右，我预感将临产，自觉不好意思麻烦学校司机过早出车，就等待至早上六时许，才叫车送至医院。医生抱怨我们送晚了，若羊水流完，将会难产。下午可爱的小天使女儿诞生了。她的名字是我们事先定好的：霄凤——凤翱翔于云霄。

成家之初

成家之初

共度时艰 亲友互济

上世纪 60 年代初，正逢三年困难时期，大人小孩都营养不良。女儿出生时体重只有四斤七两，瘦瘦小小的，头发都很稀疏。抱着这个弱小的生命，刚怀孕时的失落感顿时全无，只有满满的疼惜与怜爱！

出院时，我和范老师把孩子裹得严严实实，一家三口坐着三轮车回了家。到家之后，我把孩子放在床上，范老师就躺在边上看着，女儿像极了父亲。我看得出他比我更疼爱孩子，只要他在家，换洗尿布、喂牛奶都是他做，尿布还要先放在他自己怀里捂热再换，牛奶分量要用量筒确定，热度也用温度计控制，说他细致入微一点儿也不过分。

但我和范老师都要工作，没法照顾孩子。我们仔细商量后，虽然产假未满，还是把女儿送到城里我姐姐家，她刚好也有一个五六个月大的小孩，有经验，我放心。这样除了每个月的补贴，再把请保姆的钱给他们，既照顾了女儿，又能给姐姐家增加补贴，而我可专心为开讲森林生态学课程做教学准备，提前结束产假。

当第一节课结束后，我就听到同学们在背后边走边议论："徐老师好厉害，第一次上课就讲得这么棒。"我感到这是对我教学工作的肯定，更是工作五年来老师教导、学校培养和自我积淀的体现。其中也多亏姐姐帮我分担照顾新生儿的压力，使我在这一学期中全程参与教学活动之余，还承担了江苏省一项关于滨海滩涂选用有效植被的课题研究。

这项课题具体落实到我，负责研究芦竹的生长习性和对保护滩涂的效应。我只身前往，较为细致地调查了芦竹的生长习性、地下茎类型及分布和滩涂的土壤盐渍化等。汇报后，熊公说："凤翔同志，你此次小试牛刀，研究思路清晰细致，祝贺！"后来，此篇文章发表后，稿费 60

元（当时相当于我一个月的工资），我捐赠于工会。

对于女儿，我和范老师每个周末都定时去姐姐家送牛奶、鱼肝油、奶糕等，但是女儿依旧很瘦弱，这是因为一是她先天不足，二是我姐姐不太了解如何搭配小孩的营养需求，以为量多是好，实际上鱼肝油不能过量。范老师有点忧心，又不好表示。我也感到姐姐家孩子多，难以仔细照顾，暑假期间还是将女儿接回家，也请了保姆。不久，学校分了一小套房子给我们，女儿也逐渐胖了起来。范老师每天下班后都会抱着她在夕阳的余晖中散步。这是我的三口之家温馨的一幕。

奉化石门毛竹

女儿两岁送到上海请我婆婆带。一次我领队 60 多名学生去浙江林区教学实习，返程中转上海，停留四个小时，年轻教师和学生都想去附近逛街购物。我就让大家自由活动，自己则留在候车厅看行李。但其实我非常煎熬，一边是自己作为带队老师的责任，另一边是对女儿的思念之情，我的心就这样揪了四个小时。后来，一位姓王的青年教师还为此向我写了一封感谢信。

女儿三岁多时，我们把她接回来进校内幼儿园。一次，女儿生了病，留在家中。范老师下乡搞"四清"，我要上课，便在北房间书桌上放了张小椅子，让女儿坐在上边向外观看。小椅子前横上布带，叮嘱再三：不能开纱窗……

当时讲课时，我还能够专心，但一下课就一路小跑往家里赶，见女儿已经把纱窗打开了，吓得我边跑边叫："不要动！不要动！"怕她一见到妈妈就活动起来，怕她跌落，这件事至今想起来都后怕。

心系教学任务 克服身孕影响

对于我来说，一个孩子足矣。但范老师是家中独子，他家还想要个孙子。此后，在 1964 年春，我又怀孕了。既无奈更不想影响工作，我特意挑一些宽松的衣服穿以便遮掩。除了上课，照旧野外实习，而且在家还增加一些简单的劳动性运动（如拖地等），以保证孕期工作、活动如常。直至 7 月份，我带学生到紫金山南北坡做海拔高差 400 米间的林分植被梯度调查，一路上我较为当心，爬山、跨沟也不像从前那样跳跃式了。直到实习结束返程时，我才对同学们说："至此，这次实习圆满完成，收获不小。对我本人来说也是尽了努力，肚子里的小生命也经受住了考验。"同学们听了都很惊讶："怪不得以前很苗条的徐老师最近看着有点'发胖'了，原来是怀了小孩子呀。"回去的路上，女生们一直搀扶着我，恨不得要把我抬起来，如此说说笑笑地回到了学校。

后来我公开了孕情，有人对我说："你应该早些说，你的胆子可真大。"还有人说我这是对孩子的不负责任，万一遇到意外怎么办？只有我自己知道，平时已经有所准备，暗自锻炼了。

1964 年 10 月 14 日晨，我感到不适，傍晚到医院待产。晚上十时许，儿子出生，六斤八两，是个白白胖胖的小男孩。后来名字取为霄鹏，含有纪念我国第一颗原子弹爆炸成功之意。一儿一女，我们的家庭责任好像完成了。那时的条件已经渐渐好起来了，从坐月子到第二个月一共吃了 10 只鸡。

1965 年暑假期间，我为了和同事到莫干山做竹类调查，提前断奶，准备出发。结果出发前一日，我突发高烧，留校治病，三位男老师乘学校的吉普车去火车站。当天上午我取药回来，在办公室见其中两位老师已经回校，面色惨白，便奇怪询问，才知吉普车在路上撞到一辆拖着钢筋的板车，钢筋从挡风玻璃中穿入，碰伤了司机的后脑，擦伤了坐在副驾驶位的人的耳朵，还碰伤了后座的两个人的腰肩部。我听了甚为惊叹：如果我不是因为断奶发高烧，一同去了，很可能就坐在副驾驶位，也许钢筋就插到我的头上，后座三位也许就有人被钢筋穿透了！幸与不幸很是偶然！过了一周，我们还是去完成了莫干山的考察任务。

此后，范老师所在的基础课部教研正常进行，而我则忙着教学、实习、进修、科研。对于一个女教师而言，外业调查，稍有不便，或有风险。我既"穷大胆"，又有"小防术"，照旧外出。我们两人有时各有外差。

我至浙江进行毛竹林调查，其间，范老师到农村去社教。我们请了一个保姆，照顾两个孩子。当时每个月付保姆费时总是缺了那么一点，要和同组的一位单身男老师借五元钱，发工资时再还给他。第二个月又借又还，这样持续了一年。

"大家"十年"文革"　"小家"随遇分合

1966 年春夏之交，我把孩子送到了上海他们的祖母那儿，然后参加了林业部组织的森林主伐更新考察，考察分东北、西南、华中、华东几片林区。我申请到西南片，实际是想继续 1965 年因身孕中途遗憾而归的考察。

半年多的实地考察，我收获很大，从高海拔—中海拔到云南的南盘江，对云南松的生长分布有了了解，对以后的高原山地、西南、西藏的考察都有一定的预备。作为考察队唯一的女老师，我无须特殊照顾，尽力尽责尽心地完成任务，并执笔写考察报告。

较长期的外业工作中，闲暇时也会思念家庭和小孩，

女儿出生

晚上就拿出他们的照片，愉快地思念那份温暖的亲情，再就是一周写一封信寄回去问问家里孩子的情况。

结业阶段，转到昆明整理汇报资料。正值"文革"开始，大字报满天飞。在这样的环境下，我也写了两张大字报，一张是提到云南的很多名胜古迹、石窟石像等不属于"四旧"，应该保护，因为它们是古代人民的劳动成果。这张大字报表达了我们知识分子对国家文化历史的尊重与爱护之情。第二张大字报，现在看来就有点上纲上线了，当时，在旅馆里看到了好些家庭因工作调动还未落实，住在旅馆里很松散、无所事事，就说这些人应该赶快上班或参加活动，尽力为国家做贡献。

后来，林业部来电，催促尽快完成工作，各自回校参加"文革"运动。于是我们夜以继日，加班加点地赶任务，以至于有一次，我在上楼时滑了一跤，撞伤了面部，整个半边脸青肿了起来。

返程时，我与徒步去井冈山返回的范老师在上海会合，把两个孩子接回南林。抵校时，已经停课，各种战斗队"林立"，真是一盘散沙。我无所适从，既无教学任务可做，也没有地方可以汇报考察工作。

我从 1955 年到 1966 年，申请入党，也考验观察了 10 年，以前是门关得紧，自己条件还欠缺，在门外接受考验；现在好像是门开了，却没人管！此时抄家之风盛行，我们的小家也被查抄过，在婚纱照的影集上打了个大大的"×"。当时很多老师、教授、学术权威被抄家，已经是很普遍的了。

我们在学校里也参加了派系群众组织，大多数学生都是加入的夺权派，叫好派（夺权好）；我加入反对夺权的保守派，叫屁派（夺权好个屁）。我家范老师起先没有参加任何派别，后来参加了一个联合派，就是促进两派的大团结。

当时分派活动，发表各派的观点和议论性的文章，在学校广播站广播，有时在路上也会有争论。现在想起来，真是一场浩劫，大家都是其中的牺牲品。我这个人比较直言，也常参加辩论，或写文章批驳乱象，期望稳定，向往平静的教学秩序。

由于忙着应付学校的混乱，也无暇全心照顾孩子，有一次我去食堂买饭，让女儿抱着一岁多的儿子坐在小椅子上，并用绳子绕了两圈。买了饭回来，就听到两个孩子的哭声，进门一看，儿子在女儿身上乱挣乱挺，女儿几乎翻滚在地，从此再不敢把两个小小孩独自留在家了。

"文革"期间时有活动，我带女儿去，给她纸笔，让她自由涂画。有一次，一位教机械制图的老师看到我女儿的画，对我说：你女儿，画得不错嘛！我一看她画的是一个人在挑担子，还像模像样的。对那句话我印象很深。但当时听了也就过去了，那时的心都放在政治运动上。如果知道孩子有这方面的天分，请有关的老师辅导培养一下，然后不是上普高而是上晓庄师范等，往图画、手工艺方面培养，也许现在就另有发展。这是被我这个"不合格的母亲"耽误了。

小女自卫护弟 小儿体健脱险

两个孩子渐渐学会了相互照顾，尤其是女儿对儿子。女儿在我心里是个文静、不爱说话的孩子，但有一天我却从别人那听来一件出乎我意料的事：在学校里，女儿从桌椅过道里通过时，被一个女生伸脚绊了一下，摔跤了，引得学生哄堂大笑。谁知她一句话没说，转头便给那个女生一记耳光，教室里顿时鸦雀无声，从此无人敢欺负她。

儿子的少年时期

这样的她，自是不允许有人欺负自己弟弟的。一日，我在家中做事，突然听到女儿的声音："不许欺负我弟弟！"我向窗下看去，只见两个小男孩正抓着我的小儿子向池塘边推搡。女儿在这时冲了出来，被其中一个男孩阻拦，两人扭打起来。我不敢相信眼前的情景，在保护弟弟时，文静的女儿变成了一名小斗士，把弟弟护在身后。

还有一件事我至今想起来都后怕。那是发生在儿子三四岁时的一个周末，我们在楼下的小草坪上放小鸡，转眼发现儿子不见了，一边找一边叫，突然听到有哭声传来，朝着声音的方向望去，只见小家伙从头到脚湿淋淋地从河边的树后跑来。当时我是又急又怕又欣慰，下意识地打了他一巴掌，然后马上带他回家，洗澡换衣，还喂他喝了一小口酒来消毒，并用酒把前胸后背好好擦了一遍，防止他感冒。

第二天，我们又实地勘察了一下，河边有一块半边伸向水塘、倾斜的石板，用竹竿探进水下竟然有儿子的一人多深。想必是小家伙到河边舀水时滑进河里，万幸的是下面也有一块石板，小家伙也灵活，在水里转了一个身爬上来了。想想真是后怕，如果是头冲下，如果水下面没有那块石板，而是淤泥或是水草，后果将不堪设想！为这事，我和范老师还闹矛盾，互相谴责对方没有看好孩子，吵得差一点要离婚。此后，我们对两个小孩都更加心疼关心了！

"文革"把许多家庭关系变得错综复杂了。范老师的五叔在台湾；父亲是一个小业主，只养过一些观赏鸡和鹌鹑等；母亲原是一个大户人家的女儿，幼年父母双亡，寄养在亲戚家中，很早就嫁给范父，18岁便生了范老师，而第二个孩子被花生米卡住窒息夭折了。范母是个女工，抗日战争时期，做点小生意补贴家用。母子二人去附近农村背米，不仅要翻过铁丝网，还要躲避日本人的扫射，东躲西藏匍匐前进，为了生计吃了许多苦。

所谓"一号通令" 实则各家下放

那段时间，常常半夜有大喇叭通知开会或是什么"指示"。一天夜里，大喇叭通知第二天早晨大操场开会。原来是"一号通令"，要备战，所有人要立即打起背包紧急下放，男的先下，家里有小孩子的，女的赶快安排孩子去南林的全托幼儿园，再下去。

那天傍晚，孩子的祖母回了上海。我准备好小孩的被子和冬装，女儿抱着被子，我牵着儿子，背着两个孩子的冬衣，送他们俩去幼儿园。小的一路上多次说："妈妈，你要回来接我们呀！"我听了好心酸，暗自落泪，真觉无奈。这是小家庭的一次"分散"！

这期间，儿子在幼儿园还被传染上腮腺炎。看着孩子肿肿的小腮，我真是心疼不已。此后我也曾患过腮腺炎，口腔肿胀得进食都困难，还伴随着头昏脑涨眼发花，难受了一周以上。想起孩子当时生病，人小不会讲，但难受的程度是同样的，或较之大人更为不适。

下放期间，学校将老师们按系和教研组分班。我们林学系先被分到句容林场劳动，此间，我国第一颗卫星"东方红"上天！我们真是由衷地欣慰。下放人员两周放一次假，放假当日，天蒙蒙亮就从句容林场乘车回南林，第一件事就是去接孩子。看到其他孩子还在等待家长来接的眼神，很是不忍。把孩子接回家后，我为他们洗头洗澡，范老师烧几道"好菜"，这种时刻的短暂温馨甚为珍惜！两天后又匆匆赶回各自的下放地。

这样又过了几个月，幼儿园有怨言：人手少，孩子多，带不过来。上面经过研究，同意所有老师可以带孩子一起下放。范老师带着儿子去硫磺矿，我带着女儿去句容林场（后转到下蜀林场）。大家带着自己的孩子打地铺，彼此靠着，都很温暖，也很安心。每天早上，女儿一睁开眼都要问我一句："妈妈，你洗漱过了吗？"我就笑着回她："我起得比你

1965 夏.南京

年轻的小家

早，洗过了，你快洗漱吧。"那时孩子带得很粗放，也不懂如何能给予孩子更多的温暖。

通铺连大家　苦中共作乐

儿子活泼好动，整天雄赳赳、气昂昂的，我给他做了一件小军装，领子上缝了红领章，小军帽上缝了一颗红五星。他从小健康活泼，胖胖的小圆脸上，一双圆圆的大眼睛，乌黑的、亮晶晶的。大家都喜欢逗他玩，什么翻跟头、倒立、表演杨子荣等，整个连通的地铺都是他的"舞台"，也算是冲淡了大家的一点寂寞和疲劳。

有一次，学校在硫磺矿开积极分子表彰大会。我带着女儿一起去，见到范老师和儿子。我们买了一盘红烧肉，女儿不吃肥肉，儿子吃了一块，被一位同事看见夸奖："呀！小鹏真能干、真勇敢，能吃大肥肉。"听了阿姨的表扬，他又吃了两块，从此，再也不吃肥肉了。

家庭的"糖醋"记事——四条腿的鸡

此后，两个孩子大了一些，每年一家团聚时，都会买一只鸡炖汤。那么怎么分配这只鸡呢？范老师将鸡扯开，先给我一只鸡腿，我又给儿子一只鸡腿，鸡胸脯肉给女儿，范老师讲："鸡尾部油多，我吃。"女儿就说："要是鸡长四条腿就好了。"我听了很是辛酸，就把鸡腿给女儿，女儿不要，说她已经有鸡胸脯的一大块肉了。

祖孙情

这件辛酸的家庭小事，以后也成了我们"家史"中一件磨灭不掉的事。女儿结婚以后，没有随夫立即去美国，留在家等待她的小侄儿出生，因此没有陷入美国公民身份的取舍问题，她也并不在意，只想把家照顾好再离开。

送她出国前，我炖了一只鸡，为的是补偿"穷酸"的往事，但没有炖烂。所以此后她每次回国我都要补偿她一只鸡腿。既苦又甜的一段回忆，我们称之为"糖醋鸡腿"。

1973 年左右，复课闹革命开始，我曾经承担两个班在浙江天目山林区的现场教学。1976 年 1 月，当时我带了两个班的学生在句容林场现场教学。8 日清晨，有线广播突然播放周总理去世的消息，全体师生震惊到失语，只有肃立流泪。我面对苍凉的农田大地，泪如雨下，全身发凉：我们最敬爱的周总理离开我们了！

教学趋于稳定 援藏任务在即

上山下乡的尾声，学校要分配三名工农兵学员到西藏，反响很大，大家都害怕被分配去，甚至惊动了家长来学校"监督"。而我家却在总理的遗像前开了一个小会。我说："我想去援藏或调藏。"范老师立马表态："数理化走遍天下，是需要的，我也去。"女儿说："我要上山下乡，就去西藏吧。"儿子也说："我到大草原上骑马去。"于是全家申请进藏。但学校是要完成分配学生的任务，可能还认为我家"横插一杠子"。实际上是我青年时就有去边疆之志，更加上当时对国家现状的忧患，是由衷的申请！

1977 年，还有一项任务：林业部需要我校派员参加北京林业展览馆的工作，我去了。半年多时间，和高教司、科技司在专业上有所接触，并应邀承担参与编写了《杉木林的抚育间伐》，在此期间我还编著了《森林生态系统与人类》等。

这两本书性质不同，《森林生态系统与人类》包含着我对森林生态系统与人类的思考与观点，该书也得到了林业出版社的一致好评，而《杉木林的抚育间伐》则是应相关部门之邀参与编写的。

在此期间，家中还有一件关乎女儿走向的事：女儿高中毕业，本可继续走求学之路，但我想着一直支持知青上山下乡，自我锻炼，就支持女儿和三个女孩一同去了延安。女儿走之前到我们教研室向阿姨叔叔们告别，大家觉得她很懂事，联合送了一个笔记本，并和我们全家及她的同学们，一车人专程去车站送行。回来后，我先下车，站在门前，和送行的每一位一一握手致谢！

当晚睡觉时，我忍不住蒙住被子暗自流泪，范老师原觉得我有点狠心，现方知我既想锻炼女儿，也心疼女儿的复杂心态。毕竟还是一个"外强内柔"的弱女子！

援藏心愿实现 全家支持助力

1977 年冬，林展馆的筹备工作基本就绪，参与工作者分别回归。我离京回校时，得知西藏农牧学院设了林学系，林业部将派北林、东林、南林各两门课的老师援教，分给我们学校的，就有"森林生态学"。这与我原来的愿望正巧一致，我立即向学校申请援藏。其他学校知道南林去了一门课的老师，也就派了一位。

我的申请报告大意是：部队已经为和平解放西藏做了很多工作，现在需要援藏教学，我愿意无条件援藏，不要假期也不要任何补助。我由衷地认为这既是为西藏教学尽一份力，也是投身高原、自我学习提高的过程。

我家有一个双面的写字台，我坐在一面写完递给范老师，告诉需要他签字表态。我站在他身后，想看他怎么写。我以为他如果简单地写，就是"支持"二字，最好能有个"坚决支持"。没想到他写下了长长一段话："毛主席的老师徐特立老先生的名言'革命第一，工作第一，他人第一'，我们就是按照这样的原则工作和生活的。所以我支持她去援藏。"我看了很为之动情与感激！

学校很快就决定了这件事。我计划五月初启程去西藏，因而抓紧时间做着业务上的总结交待，还做了两篇科研汇报，其中一篇是关于生态平衡和生态协调的讨论。我不同意"生态平衡"的观点，而认同以"生态协调""生态失调"取代"生态平衡"的论点。这些观点我在家与范老师曾有细致的讨论，因之还对"熵"的理论进行学习探讨。因为所谓平衡是指相同物质、系统对应双方在量上均等，而生态关系不是对等的，是相互作用、协调影响的动态关系，进而学习思考到"熵"的原理。在生态系统中，熵增过程是消耗，生态系统应该是负熵流，期望良性效应的累积。范老师还从化学理工方面进行了探讨，我们一直都是互相研讨知识、观点，提供思维、资料上的帮助。

我与范老师之间虽然专业差别很大，但是我们通过交流探讨，寻找互补，同时我们也有共同的爱好，就是对古诗文的学习。所以在我赴藏之前，我们俩内心都有很多情感，以诗文交流。如我的告别诗中前两首："人生倏忽数十年，焉能虚度如云烟。鸟过留声人留迹，献身林业了终天。""少年立志在山林，如今白发染双鬓。愿效苍松傲霜雪，汗水浇得遍山青。"其中已经含有告别江南、投身高原的心意。

看到我的四首诗，范老师也回应了四首，其中有"别时容易见不难，春风又度玉门关。他年再登江南岸，神州绿意展笑颜"等，表达了范老师对我援藏决心的支持和返航的期盼。其实范老师之前很少写抒情的诗，这次对我的援藏写下这些抒情诗，我很感欣慰，同时也窃喜范老师似乎没有觉察到我打算后半生以高原为家的"企图"。

送我上火车的时候，儿子当时14岁，读初中，还不太懂离别的感伤，在车窗下蹦蹦跳跳。我叮嘱他在家要好好学习，和他爸爸相互照应，要准备独立安排生活……他好像有点懂了，心情开始沉重。

敬谒老区延安　期盼当地改善

回想起1978年5月，原定三校援藏教师在北京汇合。我赴京向林业部报到，北林的老师还有工作要交接，东林的老师另有变动。其时一位副部长要回延安老家，我就随机同去延安探视女儿，然后在成都等待其他老师共同进藏。

到达延安，探望了女儿和同去的三个女孩。当地为她们盖了一间土屋，条件当然较南京差了许多，生活艰苦，劳动强度大，女儿又被碾伤了脚，我内心很感愧疚。但她们四个姑娘因"妈妈"来了情绪高涨，还悄悄地去买了肥肥的猪肉，做了红烧肉，煮了大米饭，吃得很开心。我却心情复杂，泪往肚里淌，这些姑娘如果在南京家中，是不会吃大肥肉的。

我还去看望了上一批南京去的知青，三四十人。大家情绪不高，生活艰苦，我和他们交流了一次，代表家乡的妈妈，要他们注意三个学习：在劳动过程中学习；向老根据地的老乡学习；不要虚度光阴，在书本中学习。知青们似乎感到了温暖和受到了鼓励。

大概两年后，知青任务结束，女儿回南林，在印刷厂工作。后来范老师告诉我，刚回家的女儿，吃了食堂买回的普通饭菜，边吃边说："米饭真好吃，饭真香，没有菜也可以吃。"范老师看到很是心酸感慨，而我见信不禁泪如雨下。

也是在女儿从延安回来后，一次，沈老师发电报告诉我们：两个孩子吃饭时，菜只有一碟豆腐乳、一碟萝卜干和一碗清汤（神仙汤）。沈老师问怎么不去买点其他的菜，我儿子说："这挺好的，有两菜一汤呢。"女儿更是说："白饭也好吃！"

也只有在每年春节临近之时，我们一大家子才有机会一起坐下来吃顿年夜饭，待到佳节过后，我又会踏上进藏的路途，而范老师也需要兼顾校内教学和援藏工作。

在我第一次援藏的两年中，范老师去探过一次亲（实际是他也援藏了一次，而且是主动援藏）。范老师教学效果很好，教案工整，犹如板印本。离藏前，他把教案和所做的习题都留给了在藏的一个年轻的徒孙辈的化学教师。校领导层感到这才是真正的援藏，而且是举家投入的援藏！

"文革"结束后，大多数家庭都趋于安定，下乡的知青们也陆续返回家中，各家团圆。但由于我的思维定式和专业需要，家中成员却是各奔东西。自我开始援藏的工作之后，我在南林的家，四个成员的变动很多，主要因我而起。因为母女两人离家后，家中只有范老师与儿子两人。当范老师可以休探亲假、实际援藏时，家中仅剩在读初中的儿子。他的生活，我拜托生理组的沈老师不时照看。当时还听闻学校发生了一件不幸的事：同事王老师家的小孩骑自行车不慎与车相撞，不幸离世。消息传至西藏，我们夫妇二人立即发电报给沈老师，表达了对王老师家小孩事故的震惊与深深的同情，同时也担心自家孩子，希望沈老师多照看，多叮嘱！

援藏揭幕珍宝 调藏全家合力

我在1978—1980年援藏期间，还呼吁筹建高原生态研究领域，这为后来西藏高原生态研究所的创建起了揭幕与鸣奏作用，也反映我已决定后半生长期建藏的心愿。

所以，1980—1985年，虽然我援藏"结束"，但是我一面申请调藏，一面每年赴藏考察，同时在每年春季承担南林的教学任务后，初夏便离家赴藏，秋末时东向而归。兼顾两地教研，五年收获丰盈。

1985年正式调进西藏，范老师从南京送我至上海机场，我抱着两年生的水杉和龙柏幼苗各10株飞向高原。水杉引种扩展至高原。援藏期间还引种过喜马拉雅雪松苗，由南京到林芝再到拉萨，作为对西藏和平解放周年纪念活动的赠礼，使其得以"回家"，并也曾到"南坡"作寻根探访。

1985 年以后范老师又有两次进藏，帮我筹建了高原生态研究综合实验室。他此次援藏时间较长，持续了近一年，还做了一些物种的质量、成分分析，如西藏高山松的松脂、松节油成分，沙棘的果、种的成分分析和饮料试生产，不同水源地水质的成分分析等。

女儿先是探亲，后也调进西藏。女儿进藏工作了四年，此后调至江苏植物所，参与管理花卉。植物所还单独为她立项了干花制作图片的内容。

家中多有变故 个人疏于兼顾

—— 上世纪 90 年代初期，范老师有一次在南林为研究生批考卷，被办公室人员无意间锁了门，无从出门，即从二楼越窗而下，结果摔断了腿骨及两根肋骨，此后就再也没有进藏。女儿拍了电报告知我此事：父摔伤，CT 暂无问题。我预感范老师的问题一定很严重，坚决请假回来。下了飞机，遍地是水，如一片广阔的镜面，体会到灾情之严重。也不及多问，就去部队医院看范老师，接他回家。当时家里没有硬板床，因为在五层楼上，就以地板做床。我从西藏带回来的小狗阿信在他头边，一看到主人要起身，就去拉着裤腿帮忙，其景甚为感人！

这次我在家待了 20 天左右。我将所获得的西藏科研一等奖奖金 5000 元全部捐给灾区。那时儿子在东南大学攻读硕士学位，去西藏调研，急赶到家时，我还有 25 分钟就要出发，因此只匆忙见了一面，等于相互交接班了。

不久后范老师的母亲离世。范母是地道的上海女人，我十分同情她一生的境遇，但在他母亲生病至过世的时段，我却一直在西藏，没有尽到儿媳侍奉的责任，对此，我深感内疚！范老师在征文中写了他母亲的苦，我进行了补充，表达了我的心声。

至于我们这个家庭的历程，真可算是历经"动乱"，但是其"动"，有"正动"，如1955年至1965年期间，有关教学、科研和考察任务等；此后10年，有随社会形势变化的各种"动"，如停课、下放等，恐怕算是非正常之"动"。而我们家，近40年来，常处于人口流动"减员"之中，从1977年女儿赴延安插队，家中剩三人；1978年始，我援藏与调藏，家中常剩父子二人；范老师又几次探亲与援藏结合，家中仅剩儿子一人，使我们家的"前方"与"后方"长期互换而动。此后儿子读研期间，也多次进藏考察。我们家的高原情结是紧密而绵长的。这样的"动"，是大自然对我们虔诚的指引、精神的感召、心灵的净化。

范老师科研工作与课外活动

高原上砺炼

徐凤翔
回忆录

1978 年，我的援藏教学申请获批准。赴藏前夕，辞别金陵，有几次暖心和激情的活动。

师生情谊贺征程 范君唱和壮远行

熊文愈老师以送别长诗相赠，情真意切，感人肺腑。还有年轻老师，找到我家送我一册精致的红色笔记本，以示对我进藏郑重的赠送。在校园中，师生碰面时多有致贺。多么温馨的师生同道情谊啊！

在省、市教育工会的欢送会上，进修于南京气象学院的藏族学生还特地赶来相送，并代表西藏人民表达热诚欢迎之意。这一些举动，都在催我奋进。

在家中我和我的范先生有一种表达心意的特有方式——以诗寄情，以诗告别。我作七绝四首：

告别家人赴西藏

人生倏忽数十年，焉能虚度如云烟。
鸟过留声人留迹，献身林业了终天。

少年立志在山林，如今白发染双鬓。
愿效苍松傲霜雪，汗水浇得遍山青。

暮春三月江南绿，东风和煦花锦簇。
柳丝千条绾不住，壮心飞向珠峰麓。

任重道远赴边疆，夕照征途鞍马忙。
毋需返顾江东岸，留得余晖育栋梁。

寥寥数语，反映了我急切赴藏、赴珠峰之"麓"（有林、有鹿的林区）的心情，同时也表达了我愿终身奉献于西藏的心愿。

范老师和诗四首：

二十余年多离别，今日骊歌又频催。
此去西域长经年，思君忆君情更切。

志在伟业立功言，不顾儿女私情绵。
女子四海亦为家，巾帼须眉有今天。

立地艰辛出坚材，气候乖戾炼魄骸。
人生白驹间隙过，以苦为乐高境界。

送君神思忽有失，学君为党心如一。
临别赠言无从说，努力加餐顾劳逸。

我不但感谢范老师对我的支持和鼓励，更欣赏他与我唱和时真情的流露！

1978年5月初，我按林业部的要求，三校（东林、北林、南林）援藏老师在部集中，共赴西藏。但东林、北林两校各有事由，仅我一人去部待命。巧在有一位副部长飞延安，我随机而去。在延安探望女儿后，我一人乘车越秦岭至成都。在成都等待北林的一位树木学老师，与之相约汇合一同进藏。

成都是海拔500米的盆地，我进藏的第一站。在这里，我拜谒了杜

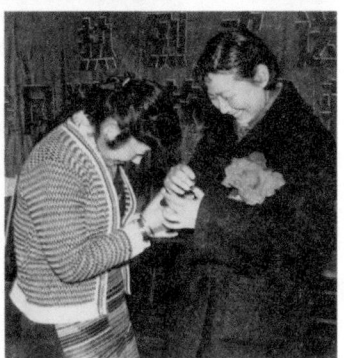

南京工会欢送进藏

甫草堂，有感于杜工部的"广厦"之人文情怀；瞻仰武侯祠，感佩于诸葛公鞠躬尽瘁、安邦定国的胸怀大略；我还去了三苏祠，那座生动的苏轼雕像，一手捻须，一手执卷，面容平静地遥望远方，一派"大江东去"的豪放之气。

亲历川藏天险 听命自然感召

进藏路线有两条。西藏农牧学院原定路线是由成都飞往拉萨，学校派车将我们接往林芝，需要两三天的时间。但我们两个援藏教师商量后，决定全程坐汽车，由川藏线西行，过三江（金沙江、澜沧江、怒江）进藏，再往林芝，一来是想观察和了解沿途植被，二来也是想逐步适应西藏高原环境。

汲取了古人先哲的文气与豪气，披着盆地的雾岚，我们开始了"登天"之旅。清晨，出车时浓雾笼罩，能见度只有四五米，路边的油菜花田上形成了一层鹅黄色的氤氲之气，仿佛有种使人飘飘忽入仙境之感觉，我受高原山川之灵气的感召，胸怀老骥伏枥的志气，向着天梯攀登，一路上总是观察着神奇险峻的景观，进入川西第一眼便是邛崃。邛崃山脉以绿坡、碧水、雾岚、夜雨相送。那鸳鸯岩的夏季飞瀑、冬季冰钟乳壮美景观至今记忆犹新。海拔3200米的二郎山，是我攀登天梯一线的14座山峰的"幺弟"。银装素裹的冷杉林，在车灯照射下，枝叶上的冰晶闪烁着荧光，恍如童话世界。由东坡而西坡，被温柔的浓雾拥绕而下至一定海拔处，顿时雾气消失，沟中的大渡河清晰如银练，这就是瀑布云奇观。

著名的泸定桥横跨大渡河两岸，桥上铁索摇曳，木板稀疏，河水激

进藏途中

流飞溅、吼声如雷，确有"大渡桥横铁索寒"的悲壮气势。

沿大渡河西侧进沟，我虔诚地往返一番。小村宁静，芭蕉、柑橘、樱桃等果树遍植，这里是《康定情歌》的原产地——康定，古名"打箭炉"，我们的汽车绕城上坡，忽然看到一马平川的疏林草地景观，真是到了"跑马溜溜的山上"了。

我们还经过一片高原湖区——新陆海，海拔4000米，这也是攀登天梯过程中所见到的第一个高原湖泊。雪山环抱，森林绕湖，湖水湛蓝而平静，清晰地把地上景观倒映在湖中，对应成双。公路几乎环湖一周而行，我饱览美景，更意犹未尽。

由川进藏，人称要越六脉六江：岷山——岷江，邛崃山——大渡河，贡嘎山——雅砻江，沙鲁里山——金沙江，宁静山——澜沧江，他念他翁山——怒江。

越过雀儿山后，于德格、岗托一带，跨金沙江进入西藏地域。金沙江水的确澄黄浑浊，但岗托林区支沟流出的山溪水却清澈碧蓝，汇入金沙江，形成"泾渭分明"的景象。

澜沧江流经昌都，我们沿江而行，看到沿岸紫色砂岩形成的峰林景观，也看到峰谷间古冲积扇上的小农田，平静安然得如诗如画。我们经过海拔 4200 米的邦达草原，这是藏东南地区少见的具有藏北高原典型的自然景观与人文风貌之处。矮草稀疏，雪岭荒坡起伏，在辽阔的草原上曾建造了邦达机场。草原上，一座座藏式毛毡帐篷，炊烟缭绕，牛羊成群。康巴汉子高大魁梧，豪放剽悍，大辫子上扎着红穗，盘于头顶呈英雄结，身穿皮衣，腰带一扎，腰刀一插，很是威武。这就是"康巴的汉子，安多的刀"。他们性格侠义而热情，主动送我们一些土特产，我们也把随身带的小礼品相赠。

进入西藏的最后一段，就是俗称的怒江山"九十九道拐"，被司机视为畏途。这里是植被稀疏、较为干荒的山岭沟坡地带，道路呈大"之"字形上下盘旋。怒江位于"三江"西侧，经过八宿，即到达闻名的老虎嘴，到达时天色已晚。老虎嘴上悬垂的岩石酷似狰狞的虎牙，我们出入"虎口"时豁露天光，到达了藏东南林海之滨的然乌湖区。虽然湖区四周影影绰绰，未见到湖山真面目，但运输站的一大锅然乌湖鱼汤迎接了我们这些远道而来的科学朝圣者。鱼汤的鲜美和主人的热情，既解除了我们远行的饥渴，更慰藉了我们的心灵。次日清晨，我们才得以见到德姆拉雪山簇拥下苍劲的暗针叶林和碧蓝的然乌湖。我从此进入了真正的林海，我心中的圣殿，我永久的"家乡"！

这一路攀登天梯的过程感触太多且深刻。其一，因为行进在从四川盆地到川西盆沿再到攀峰下谷，越水涉冰的垂直高差达4500多米的地块，汽车贴地而行，实际是沿梯壁而攀，因此见到多类型、多变化的景象。从"巴山夜雨"的雨城，到干热河谷的仙人掌丛林，又见坡中部海拔3500米以下的干荒带和坡中部以上至4300—4500米的暗针叶林带，而组成树种为中—旱生的川西云杉。学术界有人称之为云杉、冷杉"倒置"，似乎垂直带上就应该"云杉带之上是冷杉带"。据我观测，"三江"流域下的荒林是因为海拔带上升，相对湿度增加，适宜于中—旱生的云杉分布生长，但其湿润度还不足以供冷杉生长，反映的正是"适地、适树、适生"的规律。其二，当我横渡"三江"时，深深地惊叹于东西走向的昆仑山、念青唐古拉山、喜马拉雅山的诸大山脉的东侧尾闾，突来由北向南纵贯的"四脉"（沙鲁里山、宁静山、他念他翁山、伯舒拉岭山）、"三江"（金沙江、澜沧江、怒江）。难以想象，这种陆海升降、融流固化、强褶皱、大断裂、深切割的地史变迁过程，形成了如今横亘与纵贯的碰撞和交汇，真是造物主的大手笔！其三，当我们行进到怒江山"九十九道拐"区域时，斗折蛇行于群峰万壑间，那曲折的道路似黄色的丝带，柔美而刚劲，由地及天，引领着我们攀登。其四，天梯的低、顶两级，繁华与宁静之差，极为显著。从盆底的世俗到高原的铅华洗净，是一个荡涤尘念、净化心灵的过程。最后一关真如佛经上的"舍身饲虎"一样，我们进八宿的"老虎嘴"，而当出"虎口"后，我们皈依高原了！

进入藏东南林区时，眼前是摄人心魄的山水森林景观，海拔由然乌湖滨的3900米穿林下行至海拔2700米的波密。山地温带的森林，青翠壮美，我心驰神往地期盼着到达援藏目的地——林芝的西藏农牧学院。此时传来消息，著名的大塌方处桥毁路断，据说十天半月也难通行。我们急于前行，由波密移至海拔2300米的山地暖温带易贡林区。这里湖光山色，森林景观更美，但留不住我们焦急的心。

当我们得知易贡茶厂即将架溜索，过大塌方，我们立即随行。穿飞石区，跨越桥毁处，一段"梅花桩"式的险路。只见刚建成三年的泊隆大桥被拦腰砸断，两岸倒木狼藉，塌坡连连。刚刚架起的溜索长约80米。茶厂的朋友以半截大汽油桶为容器。人坐在其中，一个个被晃晃悠悠、起起伏伏地拉过去。茶厂的人过后，鸣枪通知对岸，收掉汽油桶。第二拨过去的是几位藏族群众，他们的腰上有一个木制的大钩子，挂在溜索上，手脚并用地溜了过去。而我们既没有汽油桶，也不会自我溜过去。正在发愁之际，不知道是谁从哪里找来了一个很稀疏的铁丝网"大菜篮子"，一个细弯钩挂在钢索上。我第一个坐进大菜篮，旁边的人给了我一根白鞋带，好把弯钩扎得牢靠些。

首乘溜索 急流飞渡

就这样，我平生第一次乘上最原始、最危险，也是让我感到最新奇而兴奋的交通工具。溜索拉到中途时，我忙不迭地观看四周，藏东南峡谷林区的植被真是绿得滴翠，脚下激浪滔滔，尤其是河中心在疾水与漂砾的撞击下水花翻飞，真是"二水中分白鹭洲"啊！

到达对岸，对面有人接应，扶我下铁丝篮，这才知道是西藏农牧学院一个十七八岁的藏族司机格桑小伙和学院党委段书记。段书记正笑眯眯地看着我，嘱咐我慢点，我不由从心底涌出一股暖意：党委书记竟驱车翻越山岭，赶来接我们两位援藏的教师！

这是我进藏接受的第一节"政治课"。藏族的群众和在藏的干部就是

急流飞渡

在这样的艰险困苦中奋斗着！对我长期投身西藏的决心更注入了力量！

我们乘车越过色季拉山，前往学院。色季拉山实际上是一个大林海。翻山越岭爬上海拔 5400 米的高山，可以看到，杜鹃灌丛繁花怒放，装点着初夏的高原山坡，与雪线上的冰坡和海拔 7000 多米的南迦巴瓦峰相映衬。这里对我们搞生态专业的人来说，在采集标本、识别、调查、林分做观察、定位、测定等方面是一个多好的上天赐予的天然大基地！色季拉山的风景着实让人震撼，真正是我心中的林海圣地。大峡谷下，接近尼洋河时，湿润的河谷生长着各色灌木花草，沟滩岸边柳杨成林、山桃成丛、农舍掩映，而两侧坡面上则是幽深的松、杉针叶林，长松萝垂挂在枝头，随风飘动……

段书记见我看得入神，笑着问我："你这位来自江南的老师，对我们这里感觉如何？"我立马说道："呀，仅仅初识，已经醉了。江南虽然秀美，但这里上有蓝天白云，高有冰川起伏，坡中有山花碧水，两侧有绿林绵延，极为壮美，简直是独具高原特色的西藏江南！"这话说完，段书记倒是惊讶了：本担心这位江南女老师来西藏会不习惯，不曾想她竟是如此地喜爱这里。但我当时却真有归家之感，这里不仅是我专业的天堂，更是藏在深山人未识的奇特宝地，是我要奉献后半生的"家乡"！

临近我们的援藏目的地——西藏农牧学院时，由北向南的尼洋河水淙淙流过，那河水之清澈、之碧蓝，真是"春来江水绿如蓝"。学院坐落在远山积雪、近山密林的怀抱中。院内平房为主，绿草如毯，给人以边疆地区的朴素、亲切之感。想起进藏前社会上对进藏的"怕、恐"症，谁说这里大漠荒野，谁说这里人烟稀少，谁说这里无比恐怖？！我是越前行越欣喜，越走向纵深越不念家乡。经过 20 余年的向往和争取，我终于"进门"了，回归了精神和专业的家园！那种急切的、铆足了劲的、准备全身心投入的心情，使我潸然泪下。

学校分给我一间宿舍，家具是一桌、一椅、一床和一书架，简洁齐全。当时学院的伙食是以蔬菜基地的"老三片"（土豆、萝卜、白菜）为主。因我们两位援藏老师的到来，学院将几位校方领导合在一起，开起了一个一张小饭桌的小灶，以"老三片"为主，稍加改善，吃住都温馨。师生对我们极为热情，尤其是林学班的女生，常来照顾我。就在这样的环境中，开启了我两年的援教生涯。

以实践型教学方法　授专业课理论知识

援藏期间，我所教课程以森林生态学为主，还教过植物生理学、果树生态学、日语语法以及珠峰自然保护区干部培训班等课程。

当时学院刚开始招生，林学系只有一个班，30 人左右，其中有两名藏族学生，一男一女。其他的大多是四川和西北地区的同学，其中很多是在藏干部的子女。他们远离家人，我把他们视为自家的孩子，既关爱又严格要求，而对藏族同学也多加辅导。

在教植物生理学时，对我而言还具有挑战性。此门学科不是我的主授课，而距上课时间仅有两个多月。有幸的是 1952 年，我在老专家朱先生门下学过这门课。他手持两张教学卡片，侃侃而谈，插以板书、图画，带领我们进入了植物生理学科的宏观与微观世界。其时教得精彩，学得专注，这是我敢于承担这门课教学的原因。

我遵照教学的"一桶水"与"一瓢水"的关系，电请南林好友（沈老师）为我收集了十几份植物生理学的教材和实验指导书，广泛汲取相关知识，

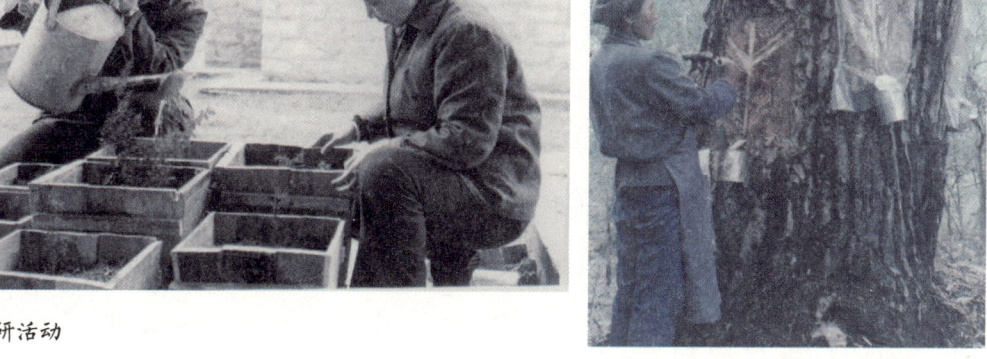

教研活动

浓缩其精华与实用部分，以一瓢馥郁的书香之水交付于学生。同时也力求生动比喻，例如讲到树叶的蒸腾效率问题时，其中的"小孔定律"和"边缘效应"（也就是气孔总面积等同的情况下，孔小量大的叶片，蒸腾量大，蒸腾效率高，孔径边缘水分子散失得快），学生不理解，我突然想到一个实例："咱们学校放电影散场时，你们从门的什么位置出来得快？"学生们说："擦边，擦门的两边。"我立刻接着说："对！这就是边缘效应。"此后，学生们每逢出门，边笑边说"边缘效应，边缘效应"，相拥而去。

植物生理学课上，我强调实验实习的环节，对生长、发育、光合、呼吸等内容都安排实验和野外实习观测。所以学生们反映学习内容丰富有趣，老师讲课透彻流畅。而实际上，我的备课过程极为辛劳，每天工作达十四五小时，但自我学习的收获也极大。

还是那个班，在上森林生态学课程时，我们师生之间已经相熟了。学生对我的教学严谨、严格，有所领教。如上课准时，内容充分，既不拖堂，更不提前下课。所以教务处对我的两堂课，一堂安排在周一上午第一、二节课，一堂安排在某日上午第三、四节课。这让学生在一周的开始，可精神饱满地准时上课。而上到我的第三、四节课时，学生为能吃到较好的饭菜，都预先托其他班同学代买。

至于对待藏、汉同学，我一视同仁，我认为正规的、严要求就是爱，宁愿为一些学生"开小灶"补课，也绝不"送分"给学生，尤其对藏族学生。学生很喜欢上我的课。我始终坚持"三基本"的原则，还结合西藏现实的生态与资源，更给他们介绍国内、国际的学术新动态，以激发他们的学习热情和思维能力，所以学生上我的课都特别积极。

运用知行互动 走向高原山林

我在重视课堂教学的同时，更重视运用校园以外的大自然课堂。藏东南林区，是举世无双的野外大课堂。我带领学生远、近、高、低考察各类植被类型，采集标本、调查标地、分析组分结构、解析生长节律、观测季相变化。课堂与野外，互为印证，使学生基础扎实，掌控技能。

我还建议并建立了校园内的苗圃和树木园，也收集资料与实物，逐步建立了标本室及展览室。

此外，我还充分利用周日（那时只有单休日），组织学生"兴趣小组"去野外活动，在考察过程中，既学知识又观山赏水，"拈花惹草"。中午时分的野炊，篝火一堆，灌木枝条插上馒头，垂挂熏烤，我们称之为"钓鱼"。

学生们在行进途中，有时还采到野蘑菇，如曾采到重达1100克的玉髯菌，也曾遇到一株倒朽的青冈木上遍体金耳——银耳属的一种。每遇到这些事大家都非常兴奋，师生其乐融融。以后每逢周末，学生都争相问我："徐老师，这次去哪里'钓鱼'？"从此，周无虚度，他们轮番排队参加这种寓教于乐的课外活动。

巧遇云杉巨木 自此情系岗乡

藏东南林区，10月份已经下雪了。在冰雪地带能找到高蓄积量云杉林的所在地，对我们来说真是欣喜若狂！进藏的第一年，我们多次深入沟壑考察。记得在进藏40年之际，我已经是第九次去岗乡高蓄积量林芝

师生活动于山村绿野

云杉林（山地温性雨林）考察了。学生们都争相跟着去做考察。我们把尼洋河各个林区以及色季拉山的林区作为我们林业森林生态、高原生态的实验基地和定位观察选点的一处优胜之地。大自然、大高原给了我这么好的教学与实习、科研基地，广阔天地，自然珍宝，真是苍天对我的厚爱与眷顾！

大自然带给我们唯美的风景，但在考察过程中风险也无时不在。有一次放假期间，带着学生去得比较远，到了尼洋河南沿的米林县南伊沟，当时住在部队营房。那里的海拔比较高，正在考察"钓鱼"的时候，有两名士兵发现有火光，匆忙爬上来，发现我们是住在兵站的科学工作者时才松了一口气，还加入我们一起考察。一次在过塌坡山顶时，我摔了一跤，腰部受伤，在部队营房躺了两天。南伊沟还有大片的湿地，在一丛丛"塔头甸子"上生长着灌丛和树丛，我们对这类原生的植被类型分布与生长进行了调查。有一丛柏树40余株，密集生长，其外形却如同一株，颇为奇特。

调查返程时，有一段"路"需要在塔头和石块上跨越前行。同行的年轻人顺利过去了，而我却不慎跌入了沼泽，背水向天。只见湛蓝的天空乱云飞渡，当时我脑子里居然出现了电影《这里的黎明静悄悄》里女战士陷入沼泽的景象。两个藏族学生立即把我拉了出来，避免了"冷水洗澡，草根填饱"的境遇，又一次有惊无险！

记得还有一次，带着学生走在觉木沟树林里。一棵大树上有个树洞，树上还有许多熊爪印迹。洞里有熊！这时有人说：大家不能去惊动它。我们便悄悄地绕道过去了。这些风险，只是在考察过程中的一些"调味品"而已。与之相比，在考察过程中我们看到的美景、遇到的资源都是珍宝！在高海拔地方考察，在高原生态方面，我们看到了不同垂直带梯度状态下的生物类型与各式物种，它们的组分、分布与生长、数量与质量等等，太丰富了，我们取得的成果和收获太多了！

在带领学生考察途中，我经常"现场教学"。一次遇到农民种的豌豆，就跟他们讲掐豌豆尖可以促进结荚增产，豌豆尖也很好吃。后来学生遇到就会采一些带回来，到我家做饭一起吃。我批评他们，他们反而振振有词地说：徐老师您讲"掐尖打头、促进分蘖"，我们把理论用之于实践。我听了欣喜于心。

我经常出去考察与开会，如对家人似的将宿舍的钥匙留给女生，她们就自觉去帮我收整东西。在学习上我虽然严格要求，但生活中还是很关心她们。学院果园内栽种了各类水果，在长日照情况下，"香蕉品系"苹果长得特别好，每次一买就是一两百斤，学生来了一边帮我查看选留，一边自己拿着吃，其实我不爱吃苹果，是专为招待学生的。

在考察过程中，我们一起翻山越岭，一起住帐篷，一起"钓鱼"，师生情深。每次回内地我都会买几包萧山萝卜干、椰子糖，外出考察很累的时候，就会给大家一人发一颗，然后大家情绪高涨，又充满干劲，笑说徐老师发"糖衣炮弹"了！攀峰下谷，一粒"炮弹"可维持10公里！

记得上一次进藏的时候，遇到了以前的一位藏族学生，现在是西藏林业厅副厅长，我跟他讲起："以前上课的时候是不是对你们太严厉了？"他连忙摆手道："不是不是，我很感谢当时您对我们严格的教导，所以才有了我现在的'两把刷子'。"而今与当时的学生见面，大家都备感亲切地回忆往日的诸多事情和笑料。

心系高原生态领域 身赴沟壑山林羌塘

我从进藏伊始，就怀着两个打算，一是认真完成援教任务，二是奉行自我"使命"。当时通过资料分析，我已初步确定，应该创建我国的高原生态研究领域，把我的森林生态研究扩展至高原生态研究，落实在无垠的青藏高原上。所以进藏以后，我一边致力于教学，一边着手规划考察，以农牧学院为原点，逐步放射至藏东南的山林沟壑乃至藏北各高原生态类型。

首先，结合教学，实习考察于色季拉山东西坡。由宽阔的干温河谷地带，越岭至温润、茂密的峡谷支沟地段，既在教授学生的实践操作中认识海拔、坡向与生境、组分、生长等的关系，又为我此后的高原生态定位站的布局做初步踏查。

其次，我从尼洋河流域的上段开始，沿河及沟考察海拔高差、支沟特色与植被状况的相关性。尼洋河全长305公里，流经我们学院门口，流向下游的河漫滩三角洲地带，汇入雅鲁藏布江中下游。此段江天辽阔，滩平草茂，柳林依依，是农、林、牧综合发展的富饶的三角洲。"尼洋河三角洲"从此被正式命名了！

巴松措林区是尼洋河中上段的一处独特的沟谷系统。冰川形态齐备，冰川堰塞湖巴松措和冰川羊背石（湖心小岛）形成了奇美的高原湖区风光。湖水深达70米，湖滨的沙棘丛林和云、冷杉暗针叶林拥绕着深邃而澄蓝的巴松湖，是我们教学、科研的常设基地。有人称这里是"西藏的瑞士"。我说："何来瑞士？这里就是我们西藏的巴松措！"我还把支沟入口处的峻峰奇树称之为"西藏的梦笔生花"，把附近尼洋河段中的一座巨型冰川漂砾称之为"西藏的中流砥柱"。

尼洋河"中流砥柱"（海拔 3700 米）

在尼洋河中游西岸的更张支沟，伟岸的高山松林成林成带，幼树成丛扎堆，一派郁郁葱葱的生机。西藏农牧学院与西藏高原生态研究所的内侧觉木沟，海拔 3500 米左右的坡中段以上的雾林带，更是沟壑深邃，景观典型而特异，云雾飘忽，长松萝悬垂。更特异的是林中一块裸石，形象似猛虎下山，还在不同季节中变换着色彩：秋——黄老虎，冬——白老虎，春——绿老虎，煞是奇景！是我们高原生态所小楼平台上工作之余远眺之景。

至于尼洋河东岸的林芝河谷，更分布着西藏高原特有树种雅鲁藏布柏木林，其中有 2500 年以上、树高 50 余米、胸径 4.2 米、11 人合围的巨柏古树（应属"世界爷"级），我为之大声疾呼，从而建立了自然保护区和旅游景点。

在林芝河谷一线的坡地、村庄，分布着野生的桃树（光核桃）。仲春时节，村前屋后，光核桃花盛开，把滨河一带装点得如云似画。我曾在雪后清晨遍访村野茅屋，更见光核桃的花被冰雪包裹，似"人造玻璃花"（与我在波士顿哈佛大学标本室中所见酷似），但那是"仿、假"，我们西藏之冰裹桃花是活、真，晶莹剔透，冰珠欲滴还休。真是人间奇景，恍如仙境！从此藏东南沟壑、村边的一幅幅画面就深深地印在我的心上。

尼洋河中游两岸开阔，上世纪 80 年代时河道略弯，河岸深切，土路颠簸，曾出现过几次险情。一次是一位女记者人车落水；一次是一位土壤学家过小木桥时，为抢救土壤样袋，跌入水中，令我们深感痛惜。

我们也曾在此段路有过险情，弯道处车未减速，撞上路内侧的坡面，反弹至坡外侧的河岸边，幸好扎在一堆填路土上。小车三轮脱空，有惊无险。同车的人说："有幸有幸，河边开车，宁可上山啃草，不要下河洗澡。"我想这一句俗语，真是至理名言。

至于尼洋河下游与雅鲁藏布江汇合后的南伊沟湿地林区，一丛丛塔头甸子上，生长着各色山花和樟科类的灌丛，主林木既有暗针叶林的冷杉，也有垂枝柏以及杜鹃中林等，是一处独特的支沟林区，自然资源丰富且原生态完好。

面对着大尺度河谷、林海、各种古树及散落的冰川漂砾，我仿佛听到了洪荒时代冰川过境、造山切谷的磅礴声势，更看到了各种生物在严酷生境中艰辛生存生长的坚韧与演进。

在此，我这个被大自然感召与感化的生灵，衷心地奉献了两点：一是开展援藏的专业教育教学；二是创建高原生态研究领域和研究机构。

我热爱着西藏的一切，并决心将这定为我后半生的归宿。我设想在全球建五个极高山定位点，监测观察全球生态制高点的网络。西藏是这一构想中独特的一处，也是最重要的一处（全球之"高极"）。

展示高原生态独特价值　吁请各界助力开拓领域

1979 年前后，我进西藏援藏将近一年，当时在成都有一个全国科技大会。我在青藏高原从事生态定位研究的思路已经逐步向前，并且经过考察，不断向绿、向高、向梯度方向深入，我对青藏高原资源景观的认识也在加强。而我自感有责任向外界如实介绍西藏，展示珍稀品种，改变大家对青藏高原"既荒凉又充满险情"的看法。我对学院有关方面提出了这个想法。后来，《光明日报》的一位记者对我的援藏教学过程进行了采访，刊登了一篇报道，学院也支持我去成都参加科学大会。在会上，我鲜明地提出：一、青藏高原的资源丰富珍稀，是全球的生态制高点之首，有太多的科研、实践、定位、向外界展示的价值，值得国家重视。二、我申请今后长期在藏进行教学、科研、保护、科普等工作。我的吁求引起了大会的重视，他们吃惊于我一个女老师的抱负和专业挚爱，更引起了国家科委领导童主任的重视。晚上就有人来找我，找我的三人分别是童主任、一位姓叶的记者和黄宗英。那是我第一次见到黄宗英，我又表达了自己的看法。黄宗英当时就说以后到西藏来找我。

在藏期间，学校有人通知我，中央组织部有人来校考察，点名要见我。大概是听说了我这个有些特殊的援藏人员，以藏为家，连带家人援藏，而且争取正式调藏的事。我那时正一心所系吁求建立西藏高原生态研究定位站及研究所，而且十分宏观地向他叙说了我的全球"五点高极"构想，其中我国珠峰最高，是统领，其影响和意义的重要性。他听后很是吃惊，不曾想过一个女教师会有这样的眼界与构想，要我写一份报告，他带回北京。

临走时，又问了我一句："你是党员吗？"我平静地回答道："我早就衷心向党，但组织上还在考察。"他和我紧紧地握手，传递了支持之情，我倒忍不住热泪盈眶。

援藏两年期间，我身体无恙，仅有一次重感冒。可见青藏高原不是"生命的禁区"，而是"坚韧者"自由翱翔、实现理想抱负之地。我对此分析过我的三大优势：女士，年稍长，代谢类型稍缓慢——故耗氧量较低，对高原缺氧的适应性较强。

1980年夏秋，两年援藏结束。当初是林业部让我来援藏，如今结束了，我便前往北京林业部汇报交差，而且还怀着一个申请调藏的愿望。

林业部没有料想有人对此事如此上心，于是来了两位副部长和相关司局领导。我汇报了在藏的援藏工作，尤其介绍了西藏的森林资源、藏宝蕴珍的出色，并以照片展示。最后提出我不但要援藏，更要调入西藏长期工作，从事高原生态研究。

汇报结束后，两位副部长同我握手，说："徐老师，感谢您为'林家'做出的贡献，我们过去不太清楚西藏的情况，是你让我们了解了它的冰山一角。"

又因为之前在成都同国家科委有过汇报，我又去了科委向童主任和其他二人（吴主任、黄宗英）进行了一次汇报。他们也十分欣喜，但对我要调去西藏一事，表示这是组织部门的事，他们有些帮不上忙。童主任找来纸笔，告诉我要给中组部写一份介绍信，向他们举荐帮助我。

就这样我又去了中组部。那天早晨甚为寒冷，中组部的门口站满了反映问题的人，都缩着身子裹紧衣服彼此闲聊。不一会儿，中组部的人开了一扇小窗，询问来人反映什么问题，我告以：是国家科委让我来给你们送一封帮助我调进西藏的信（谁知在这封信中同时也反映了知识分子入党难的问题）。他竟马上接过我的介绍信让我进去。

屋里温暖如春，有几个人询问了我的经历与反映的问题，便准备了我的相关材料，发至江苏省委组织部。

五年待命为调藏 教学科研两兼顾

从 1981 年到 1985 年是我为正式调入西藏而吁求并每年入藏考察的阶段，但这几年我也并非一味地等待。每年仲春之际，我在南林承担的教学任务完成后，便去西藏考察。考察的费用是林业部资助的，一年5000 元，是为我一人的项目批下的"巨款"经费（当时可解决一个科技小组一年出差西藏的内外业费用）。因而我尽量地合理规划，将这笔资助用到实处。幸而当时在藏部队给予我极大帮助，当我们需要物资时，会低价提供。平时住宿的工场帐篷等租金也便宜，甚至无偿提供。

首进察隅沟

第一年，南林有两位专业人员愿进藏同行，一位是本组的年轻人，一位是昆虫组较年长的老师。此次调查线路计划由藏东至林芝、拉萨，再向南。但因当年大塌方被堵于波密，只能进察隅沟考察。途中要经过八宿，过"老虎嘴"(山路上向沟内凹进的山道，从侧面看似老虎张开的嘴)。

到了察隅，我因听说阿扎冰川的冰舌下延得很低，欲往亲历。察隅位于中印边界，有部队驻扎，我们向部队说明来意后，部队首长对我们非常热情，给我们提供了马匹，还派了两名战士护送，既是为保证我们的安全，也是为防止我们无意中越了国界。

察隅沟谷的森林组分垂直梯度分布丰富，除由上而下的冷杉、云杉成层外，由云南沟坡扩展的云南松原生而茁壮。山地暖温带有硬叶壳斗科的槠、栲耸立于村旁，黄果冷杉巨木生长于沟底，更有大片的云南铁

科考途中

杉，几乎是纯林，粗壮如柱，使我们仿佛行走于森林的庙堂。正当我心驰神往之际，意外发生了：我的马儿走在小队之后，转入小径时，一棵倒木横在马头前方！我来不及俯身低头，只能向后倒去，躺在了马背上，那株倒木便从我仰面眼前 10 余厘米处掠过。这时我才尝试着坐起，幸而还有些"腰功"，竟让我"仰卧起坐"地起来！想想还十分后怕，若是反应不及时，或腰功不好，就可能像电影中那样，从马背上摔下被马拖死。

在察隅沟的西支，我们访树、探冰（冰舌穿云南松林，下延至 2500 米的林缘），还有昆虫老师捕捉到多种异于内地的昆虫标本。我们也争取做了几株中径级解析木，还沿所谓的"麦克马洪线"观察两地的林分——同型、同混生组分，高大挺拔，反映出气候类型与资源的优势。

这里的居民是门巴族，当地叫"僜人"。因为地理等因素，他们相对贫穷。我们野外考察常住在他们家中，他们也友好地接待我们，家主的妻子还特意拿出"新被子"给我们盖。说是新被子，其实就是不知与其他杂物一起放了多久没有使用的被子。这样住了两天后，南林与我同来的青年朋友悄悄撩起裤腿给我看，只见他的腿上点点块块、大大小小是被跳蚤咬的红疹、水泡，我很是"同病相怜"，因为我一出外作业，就遭虫欺，常常奇痒难耐。但我还不能展示于人，有苦难言，只有自嘲为"斑竹一枝千滴泪"。所以对这位青年朋友甚感抱歉，不但受苦，也没有能实现他到林芝观花、去拉萨参观布达拉宫的愿望。

但对我来说，踏查察隅沟，调查了云南松的扩展分布与生长优势，也观察到多种壳斗科的常绿类群，黄果冷杉的古树巨木等，收获甚丰。而昆虫组老师收获最丰，见识、采集到了不少内地未见过的昆虫标本。

由察隅沟西支返回途中，也是险情迭出。最严重的是骑马沿溪旁小道而行，真是路窄、林深、苔滑。我还马失前蹄，只有静静地等待它自动站起，以免再出意外。

专访喜马拉雅山南沿西侧吉隆、樟木林区

1982 年，南林愿与我进藏的是一名树木组的年轻老师，还有拉萨林业局的两位同志。此行越冈底斯山，访喜马拉雅山南坡西沿的吉隆、樟木林区，为的是访南坡生境下的群落与物种。

在吉隆林区较为开阔的谷坡中，考察到数种区域性分布的长叶松、长叶云杉、乔松等独特珍稀树种，均生长成罕见的巨木。但遗憾的是，我专程寻找的喜马拉雅雪松虽引种至内地，当时的南京等已广布，此次却在其"故乡"未能谋面，可能在境外。吉隆沟谷口宽阔，多中生和中旱生地段，谷口仙人掌群落集生，株高花茂。

在吉隆考察时，既有险情（竹叶青蛇距我的头部不足 20 公分），也有"亲情"。我看到一位八九岁模样的藏族小姑娘，光脚在路边干活，一双眼睛大而清澈，好奇且略带胆怯地看着我们，模样可爱，我不禁心生爱怜。当地人告诉我她名叫央金，家贫，我有意把她带出山沟，培养成长。与她家人见面略谈，征求意见，她的家人欣然同意。待建所后，接她去生态所半工半读，我被她称作"徐妈妈"。

当年出吉隆沟后，又进入峡谷深沟、湿润型的樟木口岸林区。生境和景观与吉隆大异，只见岩沟壁立，瀑布悬垂，云南铁杉林粗壮挺拔，有多种槠、栲类立木。但也有大片枯立木、火烧迹地，是因为与尼泊尔边境商贸往来造成的火灾。林下灌丛多蕉芋类，一派碧叶繁花的雨林景观。

樟木飞瀑

岗乡夜话——与科学知己黄宗英共做"小木屋"之梦

在喜马拉雅山南坡西端的两点（宽谷、峡谷）踏查后，回到日喀则，听到有线广播中内地作家代表团来访的消息，其中有一位著名作家就是黄宗英。我听到之后觉得她似乎是践约而来，从此就开启了她与我后半生的"木屋情缘"。

我们相会于拉萨。当她得知我将去藏东南岗乡考察高蓄积量林芝云杉林时，表示要与我同往。她决定不随团返回内地，并立即退掉两日后的飞机票，而当时飞机票一票难求！

我们前往岗乡的途中，她俨然成为考察组的一员，我们一路宣讲、一路"求缘"，增加了几名专业人员（有工布江达县的小李、农牧学院的援藏教师小朱、野战部队的排长和战士，更有扎木林场的伐木工）。宗英姐还甚为得意地说："我们这个野外考察的'雪球'越滚越大，实际是你徐老师'拐人'，奇怪的是他们还愉快地被拐！"

岗乡波密的地理位置很是重要，因而在那里有一个大兵站，守护着这片区域。司令见到我的第一句话便是："徐教授，你可真不像教授！"我立马致谢，理解，这是他对我们野外考察工作者的肯定。我们与兵站的关系很好，是我们在波密的"中转宿营地"，与内地的信件往来等都留存于此，如此持续了好几年。

我们到达岗乡后，首先安营扎寨，在我以往两次考察的"基地"上，形成了帐篷村。部队提供给我们大小几顶帐篷，大帐篷既是我和宗英姐的"卧室"（小帆布床两张），又是用石块和木段搭建的内业工作台、食材储存库等。因而大帐篷成了我们的"中军帐"，此后的每晚，"中军帐"就是我们布置翌日工作项目和晚间整理内业的"科室"。

营地中还临时搭建了一个小厨房，和面板、炊具等齐全，都来自当地部队的支援。

此次工作内容是在我 1978 年和 1979 年两次对高蓄积量云杉林进行踏查和小型标地的基础上开展的，历时两月有余。临时组成的科考队，主要做了较大型的固定标地和解析木伐倒及根系调查等细微的考察采集工作。

对于宗英姐，考虑到她体弱多病，腿脚不好，我们为她安排的任务是：与当地部队支援我们考察的一位排长格桑共同为我们当后勤、准备饭菜、驻守营地等。由于宗英姐知道我们每日的工作流程，她还是想争取每个工作环节都能亲自感受。但因为我们前往标地大多需要往返翻越山坡、穿过密林，为了避免意外状况，我们常常拦着她，不让她一同入林。但在进行一些关键的项目安排时，她为了观察了解，还是执意同行，我们也只好同意，并拜托两位战士"保驾护航"。

对于岗乡这片高蓄积量林芝云杉林，早在 1978 年、1979 年我就已经做了临时标地的调查，本次计划建立正规的固定标地、测定立木生长量（解析木）、调查根系分布、全木生物量和地被物样方调查。

在测定固定标地后，按间密留疏的标准，于界外选定解析木。伐木时，力求降低伐根，以便于较为准确地测定立木树龄并节约用材。由于岗乡的高蓄积量林芝云杉林的立木极为高大粗壮，我们选定了胸径一米五左右，树高六十余米的解析木，故伐倒时，真是"地动山摇"，枝干断裂横飞。为了力求生物量与样木的完整，我们一等到树木倒地，便立刻搜罗树干与枝叶。截取圆盘十多盘，直到树梢。十几个区段的中部圆盘被背回帐篷，晚上用于内业工作。下山时，我只能背一盘，而工人、年轻人他们都背大盘或两盘。

至于零盘（被砍伐后的树根部分），为了尽快判断立木的树龄，需要四人蹲在林地现场由内向外清点年轮（不同树种略加二至五年），四人数据必须相同。由于岗乡是典型的温性雨林，湿度很大，大家就跪在那里工作，周围有很多噬血型昆虫（蚊虫和小咬）。平时我是不让他们在林内抽烟的，此时就"解放"了，有烟的时候虫子就会被驱离。

在这样烟气缭绕的工作环境中，一同清点年轮的一位林场伐木工人注意到我手腕上的女式手表，问道："徐老师，你的这只女表好漂亮！是从哪里买的？我自己快要结婚了，想送一只这样的手表给新娘。"我告诉他："这是范老师出国考察买来送我的，现在送给你，作为结婚赠礼。"

为了得到林木的生物量和生长量，我们需要对立木的地上部分进行称重采样及干物质测定。而对地下部分，要分层了解根系分布并取样测定干物质。这样的工作过程是烦琐而艰辛的，但这也较为客观、准确地反映了

岗乡考察

岗乡林中考察

高蓄积量林芝云杉林的生长优势与特色。

在两个多月的考察期间，我们科考队还遇到一次意外。当时临近冬季，天黑得较早，我们从林地回帐篷途中，沿路采摘一些蘑菇回去做汤。蘑菇汤味道的确鲜美，但从半夜开始，陆续有人出现呕吐、腹泻的情况，分析是采摘的蘑菇中混杂了有毒菌类。待到凌晨时，原本该收拾行装入林考察的队员们，大都病恹恹地在各自帐篷休养调整。队伍中负责往来基地与营部间传递信件的战士尼玛回到帐篷时，十分吃惊，大家向他说明了缘由，如果情况再严重一些，可能就没办法再见面了。尼玛听后，着急得甚至掉下眼泪，说："如果你们真出意外了，我也不活了！"

临近考察尾声时，一次，我和宗英姐在帐篷外环视周围山峦，看到了远处山峰上的雪线，时至初冬，雪线下移。她说："这看起来就像裁缝师傅掸的粉线，轻轻一弹，就改变了尺码。"

两个多月的考察时间过得很快，宗英姐也一直参与。在 60 天左右的时候，她的身体状况有些欠佳，我们打算先送她回波密的部队营部休养。宗英姐启程返回前夜，躺在帐篷里，她边抽烟边沉思，和我谈起了这次的科考经历。"这是我所见过最壮观的森林，"她说，"也难怪你一直为之奔走呼吁，期望引起国家重视和保护。"宗英姐的话触动了我的思绪，也让我回忆起那些四处奔波吁求的日子，我自嘲如祥林嫂捐门槛，只为我国特有的生态类型，我自感人微力薄。我叹息道："哪怕先有一座小木屋，作为高原生态研究的起点。这个愿望似乎难以实现，也只能是一场'小木屋之梦'了！"

而她则讲述了她所知所感的人生曲折经历，还鼓励我"小木屋之梦"的构想，决定与我共做"小木屋之梦"：先把它搭到纸上，然后一处处去求，总会实现的。这也就有了她的《小木屋》之作。

这次岗乡考察结束后，我和黄宗英要坐车回成都，找到了冯随科师傅。冯师傅说他姓"二马"，名字的随字是随随便便，我当时就帮他分析，他父母这个名字起得很好的，"随科"，追随科学的意思。当时他交完冬季的最后一班，收车了。我们找到他，请他带上我们和携带的样品。此事汇报到车队领导后，领导十分爽快地支持，而且无偿。这一路山路崎岖，山高、冰雪，由波密经"老虎嘴"，翻怒江山"九十九道拐"，但我觉得有些弯不算真正的拐弯，我们就数了一下，真正180度大拐弯有54道（我莫名其妙地较真算）。

雀儿山山体5000多米，一轮明月，蓝天白云。讲景色的时候，黄宗英开玩笑地模仿我说："空气清洁度甚高。"冯师傅也开玩笑说车上木材（解析木）、设备（分析仪器）没有多重，但载着的两位老师加起来110多岁，这车载的分量太重了！

沿路越三条大江——金沙江、澜沧江、怒江及主要支沟，沿途遇水取样，做简单过滤、含沙量对比。途中路过一地"新路海"林区，海拔4000米，里面有一个碧蓝碧蓝的湖，环境优美。我非常想某次再路过时，一定在湖边搭帐篷过夜！过了新路海不久，到了成都关押劳改犯的地方，地势是一个大山谷，周围空旷。我当时在西藏买了两袋肉脆果香的苹果，晚上住在小店里，有几人帮我们把车上的行李杂物搬下安置，他们的行为似乎是举手之劳，而我当时真想送一袋苹果给他们略表谢意。但是稍一迟疑，他们却早已离开。但有一位青年，是个落难的人，把我错当成黄宗英，要找黄阿姨鸣冤。

对于我们沿途又陶醉于观景，又取水样，更观树木分布线、采标本等活动，宗英姐笑说："你自己走下去算了。"我说："我直接走下去都比坐车要快！"就这样一直到二郎山。冬季越二郎山，有通过时间的

黄宗英参与岗乡外业工作

黄宗英参与岗乡外业工作

限制，当我们到的时候即将关路了，于是我们便"夜闯二郎山"。黄宗英坐在窗边座位，我请她看路的标志，她看到"窄路"或"木桥"的标志时竟报出了一个"儿子"，我们都笑她想家想儿子了。

在路边看冷杉林，枝叶平展，可以看到很多冰晶覆盖其上，在灯光下很是晶莹剔透。冯师傅说现在走冰雪路，车子完全像在油上走，车子的防滑链型号不对，没有用，所以车开得特别小心。有的地段，冯师傅甚至探出窗外，一边刹车一边查看路况，棉帽下的脸上流下的汗水甚至雾气腾腾。就在这样的兜兜转转中，我们到达了成都。

墨脱初探　九死一生

1983年我计划去墨脱，因为墨脱是西藏最幽深的峡谷和热带雨林区，是我向往探索的重要宝地。

当在成都找便车时，巧遇司机党师傅，他空车、单人，开着一辆中型运输车，此次是运一台新车进藏。他无偿地让我们搭他的车。与我一同进藏的是中国林科院采集西藏木材标本的小洪。于是我们一车三人，轻车熟路，经川西、折多山采伐基地。沿途见到一幕风霜雨雪来临前的景观，雨云层似灰色的巨龙之爪，上下翻腾，而且更看到雨区外有村庄，屋顶上有女人在劳作，但是再往前走时，离开雨区，景象消失，我既惊奇，又难以置信，在林区竟然能看到海市蜃楼！

过金沙江、怒江，几乎耗尽汽油。此时看到海拔近5000米的42道班，而山顶石头上秃鹫站在那里，目光如炬。这时拉萨水文站的车与我们相遇，豪爽地提出供给我们两铅桶汽油，并陪同我们离开险路，川藏途中的侠义之情展示若此！

到西藏怒江山，我看到碧空中又大又圆的月亮，夜不能寐。同行人躺在后面运输车的驾驶台里补觉。党师傅人很风趣，我说：党师傅你这个姓很好，谁叫都是党！师傅说"我姓党不党"，我就知道他是一位心直口快的党外人士。他倒反过来说："徐老师，就看你这沿途，上上下下，又看树又看草，又采标本又拍照，这样的老师，我要去反映，你应该参加今年的春节联欢晚会！"我说："我除了教学、进藏科研以外，春节能回家和家人一起看看晚会就已经很好了。"如此一行，这位"姓党不党"的师傅倒成了我们沿途的知己了。

后来我每年都会带学生到野外考察。有一次在藏东南林区的鲁朗，很远有辆车子开过来，大喊我"老徐"，等车开近一看，原来是党师傅。除了一般的行车司机，部队开车的师傅都说在进藏途中经常会遇到一个戴着白帽子，身上挂着各式仪器设备的老师。如果我招手，都会停下来带我一段顺风车。当时的川藏途中，那种相互帮忙、解困脱险的仗义之举是常态。

在色季拉山上，也曾过冰胡同，就是由冰雪堆成三四米高的"冰山"。

有一次走起伏不平的泥路，部队过冰胡同时拿棉大衣垫路，我也把在南京向朋友借来的军大衣拿出来给他们垫路，回宁后悄悄地买了一件归还。

很多时候我会乘部队的车，他们有时会问我，怎么敢乘他们的车？我说：我们目的地相同，你们不害怕，勇往直前，你们能带我已经很感激了。开车的战士却说：这很难说，我们曾经遇到翻车，有时遗体都找不全。我听了很感慨，对我来说，我是为了事业，但他们都是各家的孩子，家人都会很心疼。

途中遇到各种类型的人，只要能够带我的，人家都带，带一段也行，带到林区的目的地就更好了。有时是自己一个人坐在空空的车顶上，有时会看到翻车的人。这些开车带我的人，有专业的，也有部队的司机。有一次我们从藏南地区往回走，快到林芝时，遇到部队没油的车，我们倾囊相助。还有一次遇到林芝行署的车翻了，从后视镜看到翻车后，我赶快叫停，倒车。我给爬出来的人每人发一颗糖，压压惊，把他们带到前面的县，他们可联系原单位。

我因为有经常爬山的经验，累了之后含一块糖，心里会感觉舒服多了，又可以接着爬山了。所以带学生爬山我都会给他们备两袋硬糖，学生笑称：这是徐老师在发"糖衣炮弹"。在路上搭便车中遇到的险情，有军车，也有民用车，有看到别人的险，也有自己遇到的，这些都习以为常了。

初探墨脱　如获珍宝

进墨脱时，昌都林业局还派了局里的三个年轻人陪同，一个是农牧学院林业班的小林，另外两个是藏族学生。林业局还感谢我帮他们培养

墨脱德兴乡藤网桥

科技人员。墨脱当时未通公路，其途中的灾难意外不计其数，死亡率远高于其他地方。

　　我们先到米林边防站，进入墨脱前在此集中。米林正值道路解冻的季节，边防哨士兵准备去墨脱换哨，运输队、货物、马匹等，整装待发。我们先住在哨所，等待随他们同行进入。驻守哨所的营长是个四川人，用四川话问我："你老婆婆了，还进去做啥子哦？！"我笑着回答他："要考察墨脱这个宝地嘛！"在此还得知前年也是进墨脱途中，为帮进沟科研人员负重采集标本，两位战士滑入盆底冰沟，最后冻僵在那里……但此次他们对我们仍然是友好接纳，并更为慎重保护。

出发之日，军车送至多雄拉山口。高耸狭窄的冰"环路"，是抬升的古火山口，像极了上天泼了盆水，落在半空结成冰，立在地上变成了一顶大冰帽。我们就要环"冰帽"边缘而下。

另外，营长很照顾我，让两名小战士左右搀着我。走一段滑一段，但在海拔4000多米的冰峰上，是件十分耗氧的事，因而每走二三十米，就换另外两个小战士扶持。等滑行完一圈"冰球场跑道"，为了让下坡的人踩得稳，前面的战士已在坡地上挖了一个个小坑窝。我踩着一个个小坑，顺利通过"圈椅式"下延的冰川路。年轻战士们都脸色发青、嘴唇发紫。

我既领教过冰斗之难，更感激战士们的无私相助，并为增加他们的负担而感到愧疚。之后，战士们跑步赶路而去，我们考察小组也下至3500米的拿格兵站。

拿格兵站仅有两名战士，专为接待部队过往休息而设。我们一行至此已无力再赶路了，就在兵站的茅草铺上住了一夜，还受到战士们热水、热饭、热火锅的款待。这里的夜空宁静安详，只有周围疏生的"旗形树"(偏冠的冷杉畸形树，向常风方向一侧的树干的枝条难以生长)。

等走到低海拔沟谷处，开始湿热，男士们穿着单衬衣还要解开扣子。在那儿跋涉，说一天经四季是贴切的！

从海拔3500米的拿格兵站一路下坡，经汉密、马尼翁兵站，我们均受到家人般的接待。我们行走在如同生物宝库的山体中，见树就量测、拍摄、采集标本。直至海拔1000米左右的雅鲁藏布江边，跨越200余米的解放大桥，南眺下游的巴昔卡。湛蓝的天空中云蒸霞蔚，雅鲁藏布江碧水滔滔，由此出境。那一派恬静高旷、梯田层层而绿意盎然的景象，使我恍若回归了江南，而这儿却是雪山环抱下的典型的热带风光的西藏江南啊！

沿岸上溯，我们已知右岸的格林沟内植被丰富，驻有边防哨，于是顺沟而入，遇到一片沼泽湿地乔松林，因为立地的特殊，树干扭曲生长孱弱，实属少见，于是做了简单标地和立木检测，调查了这一片古地震塌陷地带的林分状况。由于洼地湿度较大，蚊虫甚多，更有小咬和蚋等嗜血小生物。在我量测记录时，它们竟在手背上一平方厘米的范围咬出重重叠叠 14 个红点。同样可怕的还有蚂蟥，我曾有一日腿上（绑腿内外以及颈部）被 200 多条蚂蟥附着。

一路上的吃住，经常在路途中的边哨所与当地居民家中解决。他们在艰苦环境中的照顾，让我们备受感动。因此走时都会留下一些如牙膏、牙刷、尼龙袜和小手帕等随身备用物，以表示感谢。

在格林边防站，我们受到边防站的热情接待，同时更感同身受体验到在湿热地带戍边的具体处境，嗜血虫类的侵扰之苦。

在向墨脱前行的途中，还在海拔 1100 米的布琼湖原生山地热带常绿阔叶林作了调查，这里林相茂密，藤蔓垂悬，使我们似乎开启了一只资源宝盒，如获至宝。

此次考察，我们在当地雇

特异物种"老虎须"

请了民工 5 人，临时组成 9 人、11 只狗的队伍。进入布琼湖区，面对小型火山颈口下的谷底密林，湖滨地下水几乎达到地表。夜晚，我们只有用芭蕉叶垫于小帐篷下以隔水，4 人和衣而卧，绑腿整齐，挤在双人小帐篷中。但无论如何困苦，却都沉浸在所观所学的喜悦之中。

此后向墨脱县的行进中，还调查了著名的德兴乡藤网桥附近的植被。这里海拔高度800米左右，雅鲁藏布江纵贯其中，山地热带植被更加丰富。南域树种、古树巨木比比皆是，更调查到特异物种"老虎须"——仅一科一属一种，还有多种棕榈科物种（如小董棕）、多种丛生竹及长蔓的楂藤子等。这里是山地热带雨林的下段，又是水汽常年氤氲之处。

由岸边向海拔高差400余米的低山台地上攀爬，来到当时墨脱县政府所在地。不知是谁传了消息，得知有个徐教授来墨脱考察，竟引得干部、村民等不少人来山坡上看我。而我拄根拐杖，一脸疲相，活像逃难的祥林嫂，真让人见笑！当时的墨脱县政府大门是竹栅栏结构的"县衙门"，我们到达墨脱县城后，被盛情地安排在"高脚屋"招待所中。

翌日，我们正式开始调查越江对坡的仁钦棚林区。这里是海拔1500—2000米的南亚热带常绿阔叶林，高大的常绿壳斗科栲、槠等矗立，榕树茎根扩展，结实累累。丛生竹占据了林冠层的中层，而林下的蕨草也能长至 2 米高，使人在小径上"分草拂叶"而行。实际上，就在这片特异的林分中调查时，我已染上恶疾，但依然享受着专业上的盛宴。

返回墨脱住处时，我已经发病，浑身难受、无力并且发烧，陷入了半昏迷状态，被安排进空无一人的茅草屋医院。不知昏迷了几日，我邃然梦见了"阎罗王"，梦见了我的魂魄飘飘归故里（南林）！县医院里只有两个藏族护士，药物也因外界的路刚解冻而十分稀缺。幸运的是，当地军营的周军医正好路过医院。护士对他说："周医生你看，这是林芝农牧学院的徐教授（当时还未正式调进藏），刚来我们这儿便病倒了。我们这儿又没药，这可怎么办？"周军医看了我的病状，诊断是恶性疟

墨脱村落民居

疾，又说："我们部队有治疗这个病的药，但也剩得不多，不知够不够。"他便回军营，将有关的药悉数用于我的治疗。我也成为墨脱有史以来，第一位得恶性疟疾而生还的人！

魂兮归来 病愈复出

墨脱的县委书记是林芝农牧学院毕业生，也算是我的半个学生，他的母亲名红莲，一直在县招待所照顾我的起居。当时我是在植物的生长季进的墨脱，此时正是当地湿干交替之时，青黄不接，运入的物资还未到。县政府平时也只吃糙米饭，就一盘炒干辣椒，这对于我这个大病初愈，刚从"鬼门关"走过来的人来说，较为不便。一日，我随口说了句："哎呀，真想吃煮得烂烂的面条啊。"谁知红莲竟记住了，就用她平日里做饭的小石锅，弄来一些面粉，做了一锅"烂糊面"，那碗面是我吃过最香的一碗！既是因为我身体对营养的需求，又是因为小石锅独特的受热让面

条烂而入味。后来我走时，红莲还将这小石锅送给我，我将它背回了南京。

当时墨脱还没有开发旅游，居民住的依旧是高脚茅棚，棚下面养些牲畜。又因处于印度洋入海口，湿度很大，整个墨脱地面空中总是缭绕着云雾，犹如世外桃源。

而更令我惊喜的是这里的植被。因为环境湿热，树种丰富，且生长迅速，有20多米高的芭蕉林，葱茏郁闭；有蕨类桫椤、鱼尾葵等，高10—15米……还有各式特有种。在我眼中，真是遍地珍稀，非常值得保护和深入研究。也是在这段时间，我对"珍""稀""濒危"物种有了更深的理解。

待我大病初愈，稍有恢复，虽对宝地留恋，幸而我进入时沿途抓紧考察，有所收获，但远未满足。我们告别墨脱时，红莲也对我依依不舍。她对我说："徐教授你不一样，你肯定不会只来墨脱一次的！"她说对了，后来我第二次进墨脱，是搭部队运送物资的直升机。下机时，正在搬物资的红莲见我从飞机上下来，开心地跑过来，握住我的手说："徐教授！我就知道你肯定会再来的，你对墨脱那么有感情！"我说："那肯定啊，我的命是在这儿捡回来的。现在我活得鲜鲜的，肯定要来。"对我来说，探访墨脱是感恩，更应继续揭示墨脱的珍宝。等到我60岁第三次进墨脱，走在路上时，一个小伙向我问好："徐教授，我记得你，你第一次来时，我还是个小孩，现在已经长大了！"

记得在我大病昏迷时，小林向南林林学系发了封电报，告以我的病况，并请不用告诉家人。这事在系里有所传闻，关心的朋友很为我担心，想徐老师进出西藏多次，此次能否过关？！与我同森林组的周老师正巧碰到我女儿，问："近日你妈妈有信回来吗？"最后说出："你妈妈在藏生病了。"我女儿立即落泪，知道不严重是不会有信息的。

岗乡春秋

《小木屋》摄制组

黄宗英带病三赴高原

"小木屋"

黄宗英邀约亲友，支援"小木屋"

与黄宗英重逢于北京

在争取调进西藏的过程中，每年我按照惯例承担森林生态学的教学工作。学校对我的教学和进藏科研的安排也颇为照顾，所以往往在春末夏初期间把课程的讲授和实习安排紧凑，以集中完成，然后进藏。

1984 年夏初，我直奔岗乡，是为调查高山松优越的生长状态。此时宗英姐与电视剧制作中心组织了人员进藏，对我们的考察历程等进行了拍摄，最终的片名定为"小木屋"。我们就在兵站建起了第一座小木屋，木材与施工人员都是部队无偿提供的，小木屋迅速建成。拍摄团队中，有白杨之子蒋晓松和宗英姐的儿子赵劲。也是那次，拍摄团队来找我时，询问藏族群众我在何处，她们指着林子说："辛娜卓嘎，辛娜卓嘎。""辛娜"是森林的意思，"卓嘎"则是妇女。于是这个称呼就成了我的藏名，宗英姐这个浪漫的人把它翻译成"森林女神"，我则更喜欢叫"森林之女"。

只身西北大漠 风雪黄河源头

1984 年秋，在对西藏高原生态与资源的考察研究基础上，为对我国的大高原范畴做总体的典型性、对比性的生态补点考察，我向西北林区进发。孤身影单地坐火车到新疆，从北疆、西疆到南疆吐鲁番盆地，做了对比考察。其实这一次考察之旅的出发点有二：一是为了回应一些人士对岗乡高蓄积量林芝云杉林的质疑，二是为了印证学界同仁所提到的新疆雪岭云杉的优势。

北疆林区有个伊犁林场，有两位专业人员（同学夫妻）热情地接待了我。男士是副厂长，女士是技术员。女同学陪同我一起考察。我们骑马进林区，有的地方要过坡，有的地方要涉水。结果回到住处才知道，这位女科技人员当时肚子上生了一个疮，可以想象骑马过程的颠簸会给她带来多大的痛苦，但她依然默默地忍痛坚持陪同。我在那儿做了天山、伊犁林区的标地调查，还做了一株雪岭云杉解析木，看到了伐倒木的主干上有七八株幼树在萌发生长。做解析木时，直至夜晚。新疆地区天黑得很晚，我们一直坚持做完才收工。因为对我来说，怎么锯、多少距离、多少盘，已经驾轻就熟。而对林场工人而言，他们从未做过这种工作，我熟门熟路又不怕苦，就带着他们一起做。这些工人和年轻技术员很感动：这位内地来的女老师能不辞辛苦地和我们一起工作！所以解析木伐木过程中他们认真学习，积极地配合工作。

外业工作过程中，我们看到有马鹿在近旁。它们的眼睛在锯床的灯光辉映下闪烁晶亮，楚楚动人，那种场景真令人难忘。圆盘搬回帐篷后，连续三天，我把年轮等数据测量好，林场的工人小伙子们非常高兴。因为他们没接触过此类工作，在这次操作过程中，看到了也学到了新的知识与技能。我则边做边讲，有问必答，总希望年轻人多学点，多共同做点实事，留下技术和资料。

以前，新疆维吾尔自治区在人们的印象中是"一大二荒"，故被称作"大漠戈壁"。而新疆大则大矣，自治区的规模占到陆地国土面积的六分之一，其中干荒地域就占到 60% 以上，属于荒漠地带。但我从新疆之行中，体会到新疆绝非仅仅是无垠的荒漠这一种类型，而是各种地形地貌与生态系统具备，且各种类型均极为壮观、极具特色。

从北疆到南疆，"三山耸立"，西北角的阿尔泰山承接着大西洋、北冰洋的湿润气流，在山脉的高峰深谷中，冰川纵横，碧波浩荡（喀纳斯湖、博格达天池），寒温性雪岭云杉、落叶松等针叶林和针阔叶混交林块片状密集分布。

惊涛拍桥

急流翻车

至于横贯新疆中部、东西向达 1760 公里的天山山脉，把温泽的北疆与干热的南疆鲜明划界，其间更呈现出了"两盆"（准噶尔盆地、塔里木盆地）与"火盆"（吐鲁番盆地）。而天山北坡的苍林绵延、南坡的草地畜群及水系边的绿洲（巴音布鲁克湿地）和荒沙区的风蚀地貌（魔鬼城、怪石沟），干荒地胡杨树的深根与"三个千年（千年不死、千年不倒、千年不朽）"，以及胡杨叶面渗出点点碱水"泪珠"的坚韧适应精神等，真使人惊叹大自然造物的用心之深、用力之久，既赋予严酷生境中以呵护之功，又有坚韧的砺炼。

考察完新疆回到南林，正值院内开展职称评定工作。对于已有 30 年教龄的我而言，可申报副教授。但在评定过程中也出现了一点小插曲。评审组中一位教师提出，我科考科研成果有余，而教学任务似乎不足。但随即另一位教师就说，徐老师援藏期间，教学任务安排充分，效果反映很好，而她近几年返校后，每年也承担讲授任务，教学量是足够的，1981 年以来，全程承担了每年的教学任务后才进藏考察。最后高票通过我的副教授职称评定。

八年夙愿得实现　调入西藏献终生

1985 年 6 月份我完成了当年的教学系列后，正式调入西藏，从南京林业大学调入西藏农牧学院。由南京出发，乘火车至上海，再乘飞机抵拉萨转林芝。当我在拉萨向自治区组织部汇报时，受到了王部长的热忱接待，他关切地询问我的入党问题。得知我仍未解决时，真正是拍案而起。我则平静地说：我对共产主义的信仰及崇尚大自然的情怀是不变的！

在巴松措

交流研讨

从拉萨至林芝，一切顺畅得如同归家。行装甫卸，我就带了三名年轻教师去巴松措调查湖岸沙棘林（结实期）和采集标本。但未过几天却被通知立刻返校，原来是安排讨论我的入党问题。当时正巧湖南电视台在西藏录制节目，知道消息后，拍摄了我填写入党志愿书的画面。

这次入党从开会讨论到正式入党仅有几天时间（在纪念党的生日前夕），《人民日报》还对此专门进行了报道。

履行组织手续的时间虽然短而快速，但却是我接受组织的教育考验、争取了30年的愿望得以实现！我的入党审批会是西藏农牧学院党委直接主持召开的。参加会议的有各系的党员干部和对我较为熟悉的党员。我宣读了申请入党志愿书，倾诉了我的理想和对党的感情。与会同志纷纷发言，对我的为人、工作、援藏等诸多方面的表现给予了充分的肯定，并一致举手同意接受我成为一名中国共产党预备党员。

雪山碧水 涤荡心灵

会议近晚结束，我走出校门站在尼洋河畔的桥边远眺，面对流淌的、湛蓝的尼洋河水，高耸的山体和两侧坡面的密林，心情既激动也平静，既深思又自省。回忆我自1956年申请入党、接受考验的30年，一幕幕如电影画面不断回放。

1956年之前，经历过高中与大学阶段的我，作为青年学生群体的一员，精神面貌是积极向上的。在那个时代背景下，我的内心更多充盈的是源于民族精神和爱国情怀的思考，简单说就是"抗日、反蒋、反美"，有着对于先进思想的向往，但与一名党员的标准还是有差距的，对党的

东大山险当"山大王"

冰雪雀儿山道班

理解是相对浅显的。所以当时我的入党申请被回复以"继续考察"，我也将其视为党组织对我的鼓励与鞭策。

此后，在工作岗位上，我努力教学，接受党的教育，感悟与认识不断加深。但是，我诚然感觉自己尚有多方不足之处，如小资情调，以及在专业与论点上自视较高。尤其是"文革"期间，参与了一些派系的辩论，同志关系有所紧张。

援藏前，本系党总支书记送别时，向我委婉表达了希望我的组织问题到援藏单位解决。当时我内心还是有点儿想法，便回答他："你们这一球踢得很高，近3000米高度！"（西藏林芝海拔高度2970米）回想起来，当时我还是有嘲讽的意味，是不妥的，而且也使他本人为难。

援藏期间，恰逢有中组部派员来藏调研，访农牧学院。我本人出于呼吁重视西藏高原生态，建议将其作为全球五大高极之首的想法，向中组部的同志反映了两个问题：一是对西藏高原生态在全球五大高极中的统领地位，我国应有足够的认识；二是个人申请正式调进西藏，从事高原生态教学科研。在交流中，来访的同志听得甚为专注。结束前，他问起我是否党员，我平静地回答："我还不是。"他反倒很是感慨。

1985年我正式调藏之前，当时系党总支在讨论我的党员发展问题时，先党内表决，结果以一票之差未过半数，而不予讨论，却邀请我列席旁听新党员讨论会。当我坐在后排时，另侧一位外校进修的女老师换位坐到我邻座。这一举动，我当即领会到她的同志般的情谊。

这些片段的回忆与眼前辽阔的蓝天、碧水、苍林相比，实属我人生旅途中的几处颠簸和小小曲折而已。

之后我入党的事被《光明日报》报道，题目便是"知识分子入党难"，但我觉得组织上的入党仅仅是个手续。我1956年向党递交申请，至80

年代，30年来追随共产党，信仰共产主义是我终生的理想，从青年时就奠定的一种信念，是我为之奋斗的源泉与力量。我一直用奥斯特洛夫斯基的名言激励自己。

1986年四、五月份，西藏自治区有一次全区范围的党的会议。西藏农牧学院有两个与会名额，一名领导干部，另一名为党员群众。院里似乎已选定我。但是据说学院有人反映，我尚在预备期，不应参会。会议组织方在讨论此反映时，部队某军分区政委立即表示："徐教授啊，早就该是正式党员了！"

对我来说，组织上的入党是我的一个新起点，是更加努力工作、真诚为人的继续。我感谢那些长期理解我、鼓励支持我的各级领导和同志，我还要感谢部队长期关心支持我的首长和战士们。至此我的精神、信仰、身心终于在高天厚土的这片辽阔的高原上"归家"了！

为建所奔波 得各方扶持

也是在刚调入西藏的过程中，我的建立西藏高原生态研究所的主要愿望得到了落实。据说自治区政府办公会议批准成立，但是小曲折在于徐凤翔担任所长的问题，个别人提出我还不是党员，立即有人回应：那她不任所长谁任？马上发展就是！

拿到自治区政府办公室的批文，至于所址，落实在农牧学院大门对面的原牧医系门诊所的范围，尼洋河畔的一块宝地；研究所的人员编制，初定20人以内；对于建所的资金，因当时已经年中，补充申请要找主管审批经费的区副主席。我去拉萨的自治区军政大院里，想午饭时去副主席家请他批文。这样去等了三次，第三日见到他。他已听家人说我午饭都未吃等在门口，特意在今天回来见我。又听了我找他办的事项和我的构想，他激动地说："徐教授，我可以感受到你是真心为西藏，我很欣赏，也很敬佩你。"于是十分痛快地批了60万元建所费。那时的60万元能干的事太多：建了一圈5000米长的围墙，盖了一列2000余平方米的局部三层小楼，以及气象观测站、圃地和宿舍。而传说中的"小木屋"，也在里面变成了一座袖珍的标志物。

研究所在1985年开始建造，1986年基建基本完成并投入使用。这是一座附属于西藏农牧学院的研究所，既以西藏高原生态研究为主，也承担着学科人才培养的职责。所内设置的专业人员，部分由学院调整转入，也有内地相关学科人士慕名前来参与或长期或短期的援藏科研项目。

在人才培养上，研究所常利用各类研究项目的契机为科研工作者提供更多的可能。在拉萨的一次专业会上，巧遇美国高山研究所的顾问苏女士，我们一见如故。随即，她积极争取到中美珠峰自然保护区的项目和经费，并委托我们农牧学院、高原生态研究所承担珠峰自然保护区干部培训班的教学任务。面对二十几名藏汉年轻科技工作者，我安排了几门专业基础知识教学，并承担了一门对自然保护区的认识与考察技能的培训课。

这次虽是临时性、阶段性的教学，但是有渊源、有后续，因为我在有关专业活动中，常常汇报科研工作中发现的高原珍宝，呼吁建立自然保护区。我把西藏高原的自然保护区以三大片来对待：一是藏东南林区，二是喜马拉雅山南麓几处沟壑林区，三是珠峰范畴的宏观的自然保护区。

在珠峰自然保护区培训班的讲学过程中，不巧我胆结石病症急性发作，需要立即手术，摘除胆囊。我要求延迟两天，忍着疼痛，做了录音。在无主讲、放录音的情况下，班级学员完成了课程的学习，气氛颇为悲壮。

课后这个班的全体学员去医院探视我，说从未见过这样的老师。

当时高原生态研究所的主项任务之一，是在以往援藏和连续踏查的基础上，以藏东南为主要研究基地，从事点（重点林区）、线（雅鲁藏布江中游以下）、面（藏东南起伏山体逐步并扩大至藏北高原面的典型地域）的资源景观深入考察和定位观测。在创建西藏高原生态研究领域方面，我意识到这是我国科研范畴中一项独特的命题。

色季拉梯度定位 历艰辛塌坡冰封

在我正式调入西藏之前，我参加了林业部组织的全国林业定位站系统的会议，会议地点在东北林业大学。与会过程中，我展示了西藏高原景观和资源状况的图片资料，表达了对西藏生态定位观测价值的期望，得到了与会人员的高度重视。会后，我的老同学周晓峰曾说："看你放在地上展示的丰富的高原图片，像奇珍异宝一样，似自家孩子般疼爱，真令我感动！"我听后强忍住眼泪，转身而别。此后，西藏高原生态定位站就被列入全国林业定位站系统之中。

1986年，在我调进西藏后，林业部划拨经费100万元用于高原生态定位站基建。但款项落实到位还经历了一段趣事。学院对此项经费不知来路，退回到自治区财政。当我得知后，去拉萨找财政厅厅长，曾在他家"静坐"许久，厅长既感动又为难，只好设法从别处拨款50万元，使色季拉梯度定位站得以落实。

关于定位站的选址，我认为色季拉山东西坡从海拔梯度到地形地貌都具有较强的对比性和典型性，因而决定每间隔500米设点，最终共设

色季拉生态系统定位站

色季拉植被

立9个点：东坡2500米、3000米、3500米（林地和迹地）、4000米、4500米（顶峰），西坡4000米、3500米和3000米。并且以东坡3500米作为定位站基地，此后逐步建成较规范的林区遥控测定体系，至于大高原范畴也列入后期计划。

在西藏开展藏东南定位研究的那几年，每年的1、4、7、10月份是我们高原生态研究所布局色季拉山东西坡梯度观察的时间，特别是1月和7月两次，1月是冰天雪地，7月是雨季塌方频发，我都会和所内年轻人一同去收集资料。

记得有一年7月观测时，在西坡的3500米处，目睹了一起险情的发生。林芝行署林业局局长和陪同人员乘坐的吉普车不幸翻入沟内，局长和一位年轻人殉职。

我们还亲历了东坡2500米处的观测点在对坡山体塌方时，被倾泻而下的土石越沟砸毁的场景。

而在1月份，我在色季拉山4500米处取样时，积雪厚达五六十厘米，行走困难，因而在上坡时，我只能跪爬。每挪动一步，都需要先把裤腿和冰面粘连处撕开。

踏坡

冰封

藏东南绿野天涯 点线面放眼大局

为揭示西藏高原生态的特点和资源优势，我的考察规划中包含两大板块：一是以藏东南林区为主的点、线、面。在以往对"点"考察的基础上，以雅鲁藏布江中游以下水系为"线"，藏东南起伏山体林区为"面"，进行较为系统、深入的探索。

二是立足高原生态的宏观范畴，以雅鲁藏布江中游以上水体为"线"，辽阔的藏北羌塘草原为"面"，兼及喜马拉雅山南坡的沟壑林区为"点"，探索高原生态全球制高点及梯度带的独特与优越。

对于藏东南的考察，重点之一墨脱林区，属于雅鲁藏布江近海区段的山地热带雨林类型。自1982年初探后，1986年我们第二次探访墨脱，有幸搭乘军用直升机作了一次藏东南"绿宝石项链"的空中航行，绕多雄河、雅鲁藏布江流域一线。当我们从空中俯瞰雅鲁藏布江大峡弯及其周围的雪峰、绿坡时，真被这独特的山川形胜所震撼，南迦巴瓦峰和加拉白垒峰巍然肃立，而森林垂直带呈现出苍绿—浓绿—嫩绿和层层梯田，把大高原集成奇秀的绿色之波。当我遥望位于雅鲁藏布江下游的墨脱地区时，真感到它既是一块绿宝石，也是一座高原孤岛，更直接激发了我深入揭示在如此独特而优异的环境中的物种分布、生长规律、生态特色及其价值与保护的决心。于是第三次探访墨脱及其命题就在直升机绕行于大峡弯上空时形成了。

1991年，我们组织了高原生态研究所及农牧学院电教室、林芝行署科委的科技人员，还邀请了江苏植物所的专业人员和两位援藏记者，进行了"墨脱珍稀濒危植物及自然保护区分布"的课题考察。记得农牧学院领导还专门开会相送。会上我赋诗言志以致谢：

　　花甲之年，深山探宝。

　　珍稀瑰丽，墨脱三召。

　　盛情相送，无以为报。

　　奉献夕照，青山不老。

　　此次由东线翻嘎隆拉山进墨脱。6月中旬，嘎隆拉山体冰雪初融，我们随着开山破冰的队伍，首批跟进。在大规模的冰川塌坡、堵路的情况下，我们曾经夜宿在海拔4200米的嘎隆拉山口，薄薄的小帐篷里，寒气袭人，又加之高原反应，大家都无法入睡。第二天清晨，有人在融冰造饭，而我们几个专业人员被周围的景观所吸引。在雪峰映照下，红色的平卧杜鹃，贴地附石，花开得如火如荼。粉色钟报春、粉花杜鹃、全缘叶绿绒蒿（花黄色）和紫花龙胆等高山花卉，成片成丛，把寂寞的山岗装点成天然的大花园，更似乎是为欢迎我们这批迫不及待朝圣墨脱的人而绽放。我们忙于拍摄、采集，几乎忘记了缺氧、气喘等不适症状。女记者小罗采了几朵红杜鹃花，簪在我头上，还说："白发红花，美极了！"我说："白雪红花，五彩花毯，是真正的自然之大美！"

　　由于冰雪塌坡太严重，冰墙高近5米，眼看等了两天，道路都未疏通，我们只能穿过冰胡同，放车下荒坡。沿途既险又美，小冰碛湖、冰瀑布随处可见。植被类型分带分层，由海拔3900米至3000米的苍山冷杉、墨脱冷杉林、落叶阔叶林，到海拔2800米至2200米的铁杉林，至亚热带阔叶林、芭蕉丛林。

　　接近珞巴村时，遇到两位青年坐在路旁蕉叶上，得知他们是刚分配进墨脱县的大学生，似乎要知难而返。我们深表理解同情，赠以食品，更鼓励他们坚持去墨脱这个既艰苦又极有价值的地方工作。此后还支援了他们一些设备，在墨脱县建立了一个小型气象站。

我们沿雅鲁藏布江由高向低直至海拔900米附近，由高寒冰雪林区至极为湿热的山地热带季风雨林地区，温湿度差距极大，既带来诸多的困难与不便，如寒冷、缺氧的不适，多种嗜血动物（蚂蟥、蚊虫等）和湿热区的蛇类侵扰，非亲历者难以想象，又有大艰辛带来知识上的大丰收、感官上的大享受，这也是亲历者才有的诸多奇遇和"艳遇"。

在海拔3900米至3000米的范围内，有胸径2米、树高50米至60米的墨脱冷杉巨木林。而此地带内，却未见云杉生存分布，这是昭示我们冷杉与云杉的适生生境之区别。冷杉适宜冷湿，而云杉则适宜低湿中温，因之墨脱的高湿寒冷气候适宜冷杉分布、生长，而云杉则只能退出此范畴。

巨树森森

这与藏东"三江"流域坡面上部所谓的云冷杉"倒置"（即冷杉不分布）等同一理。也就是说，没有必然的系列分布，而是适者生存。

山地暖温带的铁杉林，也往往巨木森森，且多纯林。行进其中，犹如进入殿堂，置身伟岸宏柱之感。而海拔愈下，物种之多样与蓊郁，真使人时刻惊艳。无论乔、灌、草、藤，其印度—马来区系成分之多，生长之旺，难以尽说。如阿丁枫、小果紫薇、榕树、墨脱石栎、海南粗榧、小董棕、桫椤、槠藤子、多种丛生竹、多种兰科、多种芋科、多种天南星科等巨树异木、奇花异草，令人目不暇接。

我往往有欲将其拥抱入怀之感，这些自然珍宝，寂寞、自由地生长于此，发展于此，世代轮回于此。它们接纳了我，拥抱了我，似乎是希望我将它们的价值、作用、效益深入探索、展示，介绍于世。尤其当我们面对荒坡、滩地上生机勃勃的尼泊尔桤木丛林时，我急切地要将它的生态效益、先锋树种的价值郑重地阐述。

这次进墨脱，考察历时较久，对于墨脱特异的生境孕育下之珍稀、濒危特有物种，既统计、采集，更思考。不同物种在珍稀、濒危的含义上是有区别的，不可混为一谈。因为"珍"是指"质——质量珍贵、作用特定"，"稀"是指"量——原本数量少、分布局限、濒临危亡"。一些物种既珍且稀（墨脱冷杉、墨脱石栎等），一些物种珍而不稀（尼泊尔桤木、高山柳、杜鹃等），一些物种稀而不珍（对环境影响不大、作用不明显、其有无不影响生物链接的草类等）。

面对"珍"的方面，也应仔细划分。如树种在作用方面，有材用、药用、食用、特用等；在价值方面，有硬材、软材、析出物等；在生态效益方面，多种先锋树种，有其护土、保水、修复生境的作用，如尼泊尔桤木等。

根据我们的考察与资料分析，墨脱的特有树种就有 261 种及变种，远多于以前的名录已公布种。据此，我深感自然恢宏、物种庞杂、生态多型，需要探索、剖析、修正等，真是无垠无涯，非个人所能澄明于万一。

同时，我们基于墨脱范围的集众多珍宝于一体的状况，呼吁建立不同层次与类型的自然保护带、块、点。如山地热带雨林、季雨林区，此带的特有珍稀种较密集，但遭破坏亦甚严重，以"带"保护为主；在山地亚热带常绿（以特定种——米日小果紫薇）林分等做"点"的保护。当然我们希望对墨脱林区划定较大范围的甚至总体性的保护区。

温性雨林"飞地"　高蓄积量波密岗乡

波密岗乡林区是我在西藏考察中历时最久、倾注心血最多、享受与艰辛最为极致的三个地方之一。波密岗乡林区位于泊隆藏布江大卡湖湿地的谷底缓坡上，为海拔 2700 米左右的山地温带湿润气候区，我视其为"温性雨林"的林芝云杉林。

在对波密岗乡林芝云杉林的调查中，连续六个生长季对这片高蓄积量林芝云杉林做了不同面积（600 平方米、0.25 公顷、0.5 公顷、1 公顷）的标准地实测，其内容有：立木监测、林下植被样方、分别径阶树干解析、生长量和生物量测定，以及根系的分布与生物量。测定结果是：1 公顷蓄积量达 3831 立方米，为高大（主林层平均高 65.1 米，平均胸径 114 厘米）、高龄（主林层平均树龄 250 年）、高蓄积量的藓类云杉林。

林分的垂直层次完整，共有七层：林木层、更新层、灌木层、草本层、苔藓层、藤本层、凋落物层。苔藓层、藤本层发育充分，此范畴的林分颇具温性雨林特征。在壮观的林木层蔽荫下，林内温凉湿润，灌木和草

波密岗乡高蓄积量林芝云杉林

本均匀分布，形成几乎遍布林地的绿毯。林内藤本植物茂盛，而且可蜿蜒至树冠层，加之松萝飘逸，这样的林分景观恐怕在我国乃至全球均属罕见！

考察可真算是"上穷碧落下黄泉"，为的是对这片高产、优质、长寿的天然林分析其形成因由，反映其实际状况，预测其发展趋向，将其展现于世，期望共享、共珍与共保。波密岗乡这片优异林分，其资料和结论的获得，不仅因我们高原生态的专业人士致力于此、科教丰收，还因科学知己、文艺界黄宗英同志和部队战士们的同甘共苦。

我们吃尽了人间各种自然之苦，但也享受到了常人难以遇见的奇观、经历，更收获了林海奇珍。经过我们的艰辛努力，考察、实测，一份份数据、报告的上报，一次次的呼吁呐喊，终于在 2002 年得到国务院批准，建立了西藏波密县雅鲁藏布江大峡谷国家自然保护区，并立有正式的石碑。

我们站在保护碑前时，真是热情涌动，热泪盈眶。我为我国青藏高原能孕育出如此优越的林分而自豪，为我们历年的考察参与者具体而辛劳的工作成果展示而欣慰，为我们 200 多个日日夜夜、人与自然之间的和谐之情而动容，更为我的科学知己——黄宗英三进西藏，十载重逢在岗乡，在野地帐篷中与我们共度春秋所结下的科艺交融之情而感动！

使我永远无法忘怀的是，1994 年春夏之际，我率队探幽于雅鲁藏布江大峡弯顶部林区，为高原生态、西藏珍宝的科研再做拼搏时，我的科学知己、生死之交宗英姐不顾七旬高龄，在金秋时三赴西藏，义举援我。高原不适，缠绵病榻，均未改其初衷。待大病初愈，她即与我过塌方、度险滩、跨危桥，重聚于岗乡。

露地甫至，下车纵观，宗英姐疲惫无迹，笑靥星灿！窃思凤翔，何德何能，遇知音，乘暖流？面对山川之隽秀，人物之英才，思绪潮涌，慨而感之，短文小诗，寄感抒情：

十载重聚在岗乡，雪峰白首遥相望。

溪流淙淙诉别情，古树野花送幽香。

细雨润发晶莹露，晚霞照影人成双。

密林巨木千秋护，科学知己天梦长。

三探大峡弯 地长天不老

对于藏东南林区，我将其视为我们的野外教学大课堂和科研试验基地。辽阔的色季拉山东西坡是我们考察的"面"，很多幽深的沟壑是我们深入探索的"线"与范畴内的"点"。但是在我心目中，还有一片神圣的重点之域，那就是雅鲁藏布江大峡弯地段。我常常途经易贡湖和帕隆藏布江汇合并流向雅鲁藏布江之地，驻足桥头，神往大峡弯。又加之1986 年航飞大峡弯上空，使我更急切地想组织探访这片"祖母绿"串成的绿色天地。

又是科学知己黄宗英同志帮我多方奔走，筹措经费，蒙黄宗汉同志争取到香港陈树铠老先生鼎力相助。科考人员则由我们高原生态研究所和农牧学院的农学系、牧医系及林芝地区科委、农业局等派员组成。此后我们又连续考察了两次。

三次的大峡弯考察，既有纵深探新，又有系统的网络化连接，可以说基本上把那一块块祖母绿般的林区串成了一条珍稀、瑰丽的绿色项链。

飞越雅鲁藏布江大峡弯

三次考察,令人难忘的是,行进在江畔小道上,真是紧贴峭壁,进出"虎口",攀爬塌坡,脚下激流涌动,不能有丝毫疏忽。但是沿途的山体之壮观、奇美,植被之多样、伟岸,又使我们常常驻足叹赏,拍摄采集。有几株胸径2米左右,树高50米左右的西藏柏木,耸立在江畔峭壁间。它们还有一段神奇的传说,每年江水涨潮,当地老乡认为是神牛发怒,而粗壮的西藏柏木是拴发怒的牛的鼻子的神木。因之,古树得以保存。

沿途我们曾夜宿在跨江的木板索桥上,虽有江风为我们驱赶蚊虫,但晃动的索桥,桥下雷鸣般的涛声,也让我们无法入睡。三天行程后,到达雅鲁藏布江大峡弯顶部海拔2300米的山地亚热带的扎曲山村。安营地仅有一间四面通风的茅屋,以及我们搭建的几顶帐篷。这里是著名的印度洋暖湿气流的通道,浓雾夜雨,经常光顾。我曾即景赋诗,反映露营状况。

栈道索桥曲径连,下谷攀峰难行先。

折灌作杖助一臂,为探峡弯莫论险。

岩旁露宿残月伴,扎曲山村听雨眠。

遥想江南翁孙乐,重任事毕共婵娟。

身居大峡弯顶部的山村,生活虽然简朴而艰难,却使我们享受到了无与伦比的绝佳美景。清晨,朝阳把海拔7784米的南迦巴瓦峰照射得金光闪烁,飘忽的瀑布云使对坡葫芦形山体上的常绿阔叶林时隐时现,恍若人间仙境、海上仙山。坡下的雅鲁藏布江拥绕着"仙葫芦",澎湃而去。

两岸常绿阔叶林中,既有原生林,也有次生林。原生林木均异常高大粗壮,林内多层荫蔽,藤本植物不但悬垂,而且匍匐蜿蜒于地,酷似游蛇。灌木更有木兰杜鹃玉色的花苞成丛绽放。次生林是刀耕火种后的迹地上自然形成的芭蕉林,高可达10余米,也有野生花椒密集成丛林,枝干上

雅鲁藏布江大峡弯水汽通
道处的森林、巨木

遍生皮刺，形成独特的景观。

我们还重点考察了海拔 1500 米左右的临江的南亚热带山地常绿阔叶林。每日清晨，我们攀峰下谷，绕坡沿江，看不尽的各形各色的山花，如黄蝉兰晶莹地怒放在迎江坡面上。我们年轻的朋友，边走边环视群峰说，真的美如黄山！而我却说，虽然古人云"五岳归来不看山，黄山归来不看岳"，似乎黄山位居榜首，但西藏山体除了岩层山系的风姿独特外，上有雪峰，下有湿热的森林群落，既有冷，也有热，既有险，也有繁花似锦，一般的山岳是无法比拟的。

我们边看边议，起伏攀爬了七八百米高差的山道，到达大峡弯临江之处。这里有一片层外植物更为茂密的原生林。由于水汽甚为充沛，形成了垂直郁闭度极高的"林墙"。近 50 米高的树干上，几乎通体藤蔓，在侧方光照下，层层枝叶闪闪发光，真如天宫垂下的一道幕帘。而林内附生的多种蕨类，密布于树干或垂挂于枝条上，好似一条条绿色的丝带。

为了更好地考察此林分，我们露宿于林缘牧场。这里仅有木屋一座，木梯一架，男士们爬上小阁楼，我们撑起小帐篷。这种工作、生活环境，似乎唯美而浪漫，但小屋周围遍布牛粪，是跳蚤等嗜血动物的培养基，粪堆上遍布"黑点"——小生物的集群。我们跳跃着前进，但仍然难免其附身。入睡后，还有跳蚤、蚂蟥钻入睡袋。

虽然夜间备受嗜血小动物的骚扰，但当我们越过二三十米高的冰漂砾堆积的消落带，临近江面时，帕隆藏布江与雅鲁藏布江双流汇合，绕山激石，两岸乔、灌木层层叠叠，浓阴蔽日，面对如此丰富、多姿的壮美景观，那种豪情、激情和对大自然的感恩之情，充盈于心，涌动于怀！

我看到《北京日报》的初小玲同志站在礁石上，对着远山近水连连拍摄；北京电视台的黄辉同志躺在一块光滑的流纹岩上闭目养神，享受着极为难得的野趣；《西藏日报》的藏族朋友情不自禁地跪了下来，向着大江、向着激流、向着天空，虔诚地朝拜！我及时地拍下了这些珍贵的镜头。而我则和生态所的科技人员观察分析两岸的林分类型、分布与生长，沉醉于罕见的专业收获，指点着如诗如画的江山。

亲历亲探，直面山水，更加体会到雅鲁藏布江这一神奇的大峡弯，激起了多么宏观的内外应力与地层的重组过程啊！全球最深的大峡谷就真真切切地矗立于此了。大峡弯造就了大峡谷。因而我个人认为"雅鲁藏布江大峡谷"的准确全称应该是"雅鲁藏布江大峡弯峡谷"，或简称为"雅鲁藏布江大峡弯"。

对大峡弯系统的考察，既进行了上下串联，还想进行一些寻源上溯。

当我们逶迤出沟，暂歇于帕隆小镇的中转站时，我和初小玲同志去林芝部队医院探望并接出了黄宗英同志。进藏后，她因高原不适反应严重，于拉萨、林芝两度住院。待身体稍有恢复，她便急切要与我们同行。对于如此不顾个人安危、支持科考的知己，何谓亲情，何谓友情？我始终认为我们之间的关系是友情胜于亲情，是科艺结合的知己。我只有在从帕隆藏布江越色季拉山至林芝军区医院的途中采了一大捧杜鹃花，以山花赠知己为报！

我们考察队在增加了人员和给养后，穿行于大塌方泥泞的险道，调查了沿途险峻多变的山形地势和通麦林区的山地亚热带茂密多姿的针阔混交林，历经了峭壁悬垂的"一线瀑"和激涌的温泉，更有西藏柏木巨树等，处处令我常探常新。

由通麦大塌方拐向易贡沟，是一段时断时续的山道。道旁树木森森，更有各色山花和多种大叶及多刺蜇人的草本植物，还看到多条毒蛇盘绕在灌木枝上享受阳光，可见沟内温湿条件的独特。

在雅鲁藏布江大峡弯顶部

海拔 2300 米的易贡湖，周围茶园遍布，"铁山"峭立，既有农舍，又有一栋栋颇具规模的小楼。如果不是常在雨季堵塞封闭，真是个上好的休憩、疗养之处。

我们曾多次把这里当作考察的营地。这次为了让大队人马稍事休整，以及补充粮食和雇佣马匹，在此驻扎了三天。但实际上，大家都未老实休息，而是清晨即起，沉醉于晨雾飘忽、轻纱飞舞的湖区和绿叶滴翠的茶园之间。

这里之所以摄人心魄，是因为 100 年前，此沟发生了一次特大的冰川泥石流，形成了约 25 平方公里的冰川堰塞湖。由于此地属于山地亚热带季风湿润气候，湿润高温的环境使这里宜林、宜农、宜果、宜茶。

在此期间，还有一个有趣的插曲，北京电视台的阎记者无意间提到了次日是他的 40 岁生日，我说"四十不惑"，我们要庆贺一下。阎记者笑着说：你的南方普通话真糟糕，"四十不惑"听起来像"誓死不活"了。此话后来被传为笑柄。碰巧的是我们团队中，居然还有三人的生日都在这一时段，于是我与伙房师傅商量，蒸了一个直径 40 厘米的大馒头，权作生日蛋糕，热热闹闹地庆贺了一番。

进沟途中，前一段尚可通车，很快转入山间小道。只有宗英姐乘一匹老实的白马，另一匹马驮着较大型的设备。行进 30 余公里，到达鹅普村。这是一个树木森森、古树成林的半封闭的沟源区，曾听说有通麦栎巨树。我到达鹅普村头，一处稍大的场地和一座方方的木屋，向导告知这是村小学，就安排我们驻扎于此。其时，宗英姐迟迟未到，而她的坐骑却被电视台的小肖骑来。得知进村上坡时，她过于疲劳，难以支撑坐骑，就席地坐在路旁了。我返回去又急切地张罗搀扶宗英大姐，步履维艰地到达"宿营地"。

扎营于雅鲁藏布江大峡弯顶部

　　此后考察期间，我们一伙人就"占领"了教室，致使学校停课几天。
20 余平方米的教室被一分为二，一边是男士的地铺，另一边是宗英姐、
我和小玲等女士的领地以及"餐厅"。

　　我环视四周，只见墙壁上悬挂着一块长度不足 1.5 米，高不足 40 厘
米的木板，上端写着语文题、句。中间一行是算术题加减法，下端写了
对某年级的作业交代。原来这就是村小学 1—4 年级复式教学的黑板！几
排矮矮的长木凳，一张小课桌式的讲台。山村小学如此简陋，是我未曾
想到的！我们寻访老乡，希望采购一些土特产，以补充给养，也未能如愿。

易贡湖寻源 通麦栎"圣殿"

这里的确沟深林茂，我们调查了整齐、茁壮、葱绿的华山松中龄林，胸径40厘米左右的高山松林很是茂密，显然是一片天然更新极佳的林分，沿沟的青杨、槭树、桦木等都长成粗壮的优势木。我们沿路寻宝探奇，直至鹅普老村，调查到胸径2米、树高54米的通麦栎巨树。难道这就是传说中的"通麦栎之王"吗？我们终于朝觐了它！

此后我们还行进在高10米以上的杜鹃丛林中，杜鹃扭曲的主干，苍劲而生意盎然，反映出在优越的生态环境下，灌木也能呈现出中、小乔木的势态。到了村前湖畔，还有群聚的巨柏古树，这反映了巨柏适生分布的下限，以及与西藏柏木的镶嵌交错。

通麦大塌方路段

易贡湖区考察

对于易贡湖区和沟源的植被考察，使我进一步体会到生态环境的优异，促使物种之间的生长分布既有规律性，更有超限性，真是藏珍蕴宝之地啊！

我们怀着对完成雅鲁藏布江大峡弯峡谷的系统性考察之欣慰，对当地珍稀资源的感恩之情，对当地村民生活困难的愧疚之意，既亢奋又疲惫地跋涉出沟。体弱病痛中的宗英姐难以稳坐马上，在两旁扶持下，缓慢而行。而我利用最后一点体力与寻珍探宝之趣，行走于鞍前马后，左顾右盼，为发现林内混生有红豆杉而欣慰，为巨型断层石面上巨幅滑水状的瀑布而惊叹！

及至可以行车之处，终于坐上了吉普车，在山间土路上颠簸。我已经累得全身疲软、昏昏欲睡，思维几乎停滞了。忽听得年轻人大呼"停车"，原来是远方峭壁上，挂着一串串冰钟乳，也就是悬垂式冰川。他们爬上车顶，长焦镜头不断拍摄。而此时的我，连拍摄的力气也没有了，至今还遗憾不已。

易贡沟深处（通麦栎巨树与杜鹃丛林）

更新鲁朗景观未果 愧对山精树灵终生

记得调入西藏一年左右，高原生态研究所事业方兴未艾。有一次，自治区主席陪同纺织部郝部长来到林芝考察，了解林芝自然资源状况，找我去介绍。我带着对西藏地区丰富资源和优美环境的热爱，和他们分享交流了很多关于林芝的优越生态环境和林区资源情况。后来，自治区来人联系我，希望我去林芝行署担任专业方面的职务，我坚决谢绝。有人和我说起如果担任这个职务，也许未来会有好的发展，我表示我就是为从事高原生态研究而来的，而且自我感觉只能搞点专业研究，不擅行政。但后来有人谈及此事，问道："如果你当时担任这个职务，不是可以把这一片迹地修复成绿色的天地吗？"这个问题也让我反思，因为我原本就对这片林区有着更新恢复的设想。回想起来，如果我当时接受林芝行署这一职务，也可能有机会参与鲁朗林区迹地更新的恢复优化开发，并探讨林产化工研究的入驻等事宜。但因为自己科研人员的偏执，我谢绝了这一邀请。目睹鲁朗林区现状，不胜感慨，有对林区迹地的愧疚之情！

对于色季拉山林区，个人有一些设想，特别是对鲁朗林区，其地形多样，沟壑纵横，气候带完整，有着丰富的森林资源。我个人认为，如果综合规划、更新迹地、合理布局、开发利用林副产品（如设立优质松香松节油的生产基地等），这里将会成为一片极好的科研、实习、防护与观景的基地，与国外的某些绿色景区相比，有过之而无不及！

鲁朗林区与村庄

极目喜山冰峰神 往故园锦绣——三谒珠峰

在藏期间，西藏高原生态研究所雏形初具，藏东南范畴的考察与定位有所深入，而我们的研究由森林生态向更广域的高原生态转型。我曾数次越喜马拉雅山，至南向诸谷的林区考察，遥望珠峰，无限向往。

直至1992年，我已年过花甲，敬谒珠峰首次成行。对我来讲，喜马拉雅山系和珠峰是研究高原生态的重要而特异的范畴。其千峰耸立、沟壑深邃、气象万千，是全球独一无二的生态制高点。我对珠峰的崇敬神往之情，可以说近乎癫狂，于是先后三次敬谒珠峰大本营。

1992年的珠峰大本营，周围只有大波浪状的褶皱岩体和小金字塔形的塌积坡群，一道道冰碛垄和疏散的冰塔林伸向远方。在海拔5400米的山岗上，绒布寺和佛塔宁静地矗立。我们在冰碛台地上，只看到两间"干打垒"的牧民小屋，人迹鸟声全无。那一种绝对的万籁俱寂的氛围，似乎把人引向了圣洁的天界。

途中，我怀着忐忑的心情，唯恐珠峰被云遮雾绕，拒绝见面，曾经问同车的朋友："如果珠峰今天不见我们，怎么办？"他们笑着说："我们早就知道你徐老师不见珠峰是不会告别的。"所以当时大家都做好了在那两间"干打垒"的小屋中过夜的准备。

但是珠峰对我们钟爱有加，渐渐地，浓云变成了"旗云"，峰顶逐渐显现，著名的"旗云"飘向东方。我们怀着庄严的心情拍下了在洁白的大冰斗簇拥下海拔8844.43米（当时数值）的珠峰——全球最高耸的"金字塔"，直指蓝天，旗云飞渡，雄鹰悬停。我们静静地拍、静静地观、静静地采石取草（采标本），唯恐打破这片静、净的天地。这次可算是静谒珠峰。

大本营的近旁，一座20多米高的冰碛垄，环绕着一个小冰碛湖。我们攀上冰碛垄，这段行程虽然只有20多米，但在海拔5400米的高度上，我高山反应明显，心慌气急，两眼发黑，步履维艰，只能手脚并用地攀爬，连我常备的两架相机都"缴械"了。

我在小冰碛湖边，遥望珠峰倒映入湖的奇景，真感到珠峰有灵，关照我们钟情之人。下坡时，我也不顾斯文，随着坍塌的小石块，躺着滑下山坡。

随后，还掬了几捧珠峰的冰融水润口，相传这是珠峰圣水，可以净心治病。事后，我们的确没有任何不适。我想，这样绝无污染的极佳饮用水，能在水的源头处饮上一口，也是人生的一大幸事了！

返程时，车上的气氛轻松而愉悦。他们说："徐老师，你又创造了一个世界第一，60岁以上的老太太来珠峰大本营，恐怕你是第一人了！今天女神会见女仙。"我说："岂敢岂敢！是女神接见了我们这几个虔诚的子民和高原之女。"

途中，我还看到了一个奇异的现象，在副驾驶座外侧的反光镜中，一束从天而降的白色光柱，直径约15厘米，或直射，或扭曲，不离不弃地在镜片中跃动，不知其如何成像的，是机械还是自然？

至于特异的天象，我在珠峰地区还有过一次幸会：时近黄昏，天边出现十几条紫白相间的光带，下窄上宽，酷似一幅硕大的扇面，直至中天。那种极致的奇美，竟然令我心潮涌动，激奋异常。直到夜幕降临，色带方逐步隐退。有人说，这是地光，而我感觉，这是遥远的天地辐射之光，可能是另一种类型的极光吧！

第二次拜谒珠峰是2001年，目的是探索珠峰大本营周遭的生态现状，我怀着对珠峰环境的忧患而去。沿途所见，大非往日的宁静状态，中外游客，登山的、骑自行车的、开摩托车的络绎于途。我还被外国友人误

珠峰绒布寺

认为是日本人，个人甚为不爽，立即回应"我是中国人"，以正视听！

　　此次在珠峰大本营所见，一是应对旅客人数的增加而修路，致使原来的土路失修，现修的路正在挖方，施工以及生活废弃物的输送小道杂乱无章。多处尘土飞扬，沙石乱堆。二是大本营区临时的、简易的帐篷接待站，周围垃圾堆星星点点，人声沸腾嘈杂，与我们首次所见的宁静，差别太显著了。

　　冰川后退的痕迹明显，高低冰碛垄成带，其上还有被车碾的状态，使我回忆起曾有一支摩托车旅行队托人找我写贺词，我写了"为地球增色，让大地减负"。如今看到车辙无序，对塌积坡有所损伤的情景，我深感自责，何来减负之说？

　　再遥看"珠峰麓"沟内的冰塔林，时隐时现，规模与体积在收缩。其中还有一处奇景，是冰塔消融时，下冰柱顶冰漂砾构成的"冰蘑菇"。

我攀上首次登临的小冰碛湖时，看到小湖已经干枯，湖边的经幡飞扬，虽然从民俗的角度来看，能够理解。但就我个人观点，西藏的蓝天雪峰、壮观和谐的色彩，是无与伦比的。

　　所以，此次带着期盼和忧患而来，很多迹象增加了我的隐忧。但当我举目远眺时，天空、雪峰依然庄严肃穆，五座海拔8000米以上的雪峰矗立于身后，是全球生态制高点的大系统，其影响范围之广，护卫生灵之效，诚然无与伦比，使我的心情开朗而豪迈，把忧患化为吁请和期盼。

　　我孕育了一首短诗：

　　白首冠环球，玉洁写春秋。

　　遥祝人寰处，坡绿碧水流。

　　此诗蕴含三点：第一，珠峰的全球生态制高点形象，在我脑中愈加鲜明呈现；第二，期盼大家的环保意识能更强一些，经营规划的实施更

珠峰绒布寺

有实效一些；第三，想起我尊敬的先师梁希教授，诗化的号召，期盼实现"遥祝人寰处，坡绿碧水流"。

第三次拜谒是在 2010 年春，我赴尼泊尔，从空中拜谒珠峰。我曾往返行经川藏线 10 余次，总是在高原雪山上遥谒珠峰，而在 1993 年、2001 年，我面谒珠峰大本营，对珠峰北麓的景观进行探析。

我也曾两次搭乘中国至迪拜的航班，纵览喜马拉雅山东西 2000 余公里绵延的喜马拉雅山雪峰和沟谷中各式的冰川形态。

凡此多次经历，更促使我早日做第三次空中拜谒珠峰的行动。2010 年春，我先进西藏，再经樟木口岸，过友谊桥，入境尼泊尔。这里的民俗风情与西藏相似，而我主要是为空中遥拜珠峰而来。

在尼泊尔，登上 30 个座位的中小型飞机，环绕珠峰飞行。海拔 6000 米、7000 米、8000 米以上的雪峰冰清玉洁，耸立南天。这一面旷世的"高墙"，其海拔之高、范围之广，影响着西风环流的趋向，把印度洋暖湿气流挡于南坡，致使我国珠峰北侧的背风坡干荒，而南侧迎风坡的尼泊尔山地，承接着印度洋的暖湿气流，孕育出湿润的、辽阔起伏的坡地，形成了植被层次分明、上下呼应、绿得滴翠的奇景。上段是冰清玉洁的雪山群峰，雪线以下是诸树繁茂的林海绿波，山麓下段是三季稻的嫩绿梯田和零星屋舍。

我们在空中虔诚地观"玉龙"纵横，雪峰晶莹，其美、其静、其洁，真是摄人心魄。我想到了古人云："洛阳亲友如相问，一片冰心在玉壶。"自感似乎换了人间，忘了尘俗，受到一次灵魂净化的洗礼！这就是我第三次在空中拜谒珠峰的感受。小如尘埃、行如一蚁的我啊，更加感到应崇敬大自然，学习大自然的天书、地史、生物史。

藏南四谷，在大高原总体的位置来看，若临空环视，横空出世的青藏高原，由三级大台阶构成，其中心是恢宏无垠的高原面，而四周峰峦叠嶂，托举着、拥绕着这一方独特与惊世的地理单元。如果说珠峰是环绕大高原的众山系的首领的话，那么支撑的骨架、护卫心胸的"肋骨"就是周边起伏的沟壑，众多的沟壑抬升起了宏伟的大高原。而喜马拉雅山南侧四个半封闭的、幽深的峡谷，是构建大高原不可或缺的组分，而且是拥绕冰峰雪岭的耸立的"碧玉簪"和"绿帷幕"。

承洋流润泽 展万千绿坡——藏南四谷

藏南四谷，具体的地点在喜马拉雅山中段南侧的几处沟谷林区，毗邻尼泊尔、印度、不丹等国家。在这里有着连片的森林和植被，虽然国界分明，但山水相连，植被同型。

喜马拉雅山南侧的四座沟谷林区，不似藏东南林区广阔，因其分布于喜马拉雅山南侧的迎风面，受暖湿气流直接的浸润，更由于分布的断续性，造就了各林区的气象万千，其景观与主要植被也各有特色。

由西向东，在 1981—1990 年间，我们考察了吉隆、樟木、亚东、错那四个沟谷林区。

吉隆林区，位于喜马拉雅山南坡的最西侧，我们于 1981 年先探访了吉隆沟。翻越冈底斯山，绕佩枯措，再由高原面南下至河谷地带，直至与尼泊尔交界的热索桥，这里是海拔 1500 米左右的宽阔谷口，近乎干热河谷。

吉隆沟属于典型的半封闭 U 形谷，有连绵的冷杉、云杉和云南铁杉、乔松等，更有多种珍贵树种，如西藏长叶松、长叶云杉和红豆杉等，大都生长成罕见的巨木。但遗憾的是，我专程寻访的喜马拉雅雪松未见，

亚东的林区

可能在境外之侧。

喜马拉雅雪松已辗转引种并广布于我国诸大城市，尤其已作为南京中山陵及多处地方的重点绿化树种。我带有"寻根访源"之意。此后我还由宁抱苗进藏，植于林芝及赠送给拉萨，有送其"回娘家"的美好心愿。

从吉隆沟的林分组成状况可见，这里的生态条件适宜于物种的分布、交错与融合，是一处生物资源孕宝之地。

1981年至1992年10年间，我曾三次前往樟木林区沟谷考察，此处属于典型的V形谷，又因与尼泊尔沟谷相连，暖湿气流翻涌而上。沟中浓云飘忽，湿度极高。草本蕨类的叶面上，犹如水洗般水珠淋淋。瀑布连绵断续，我们称之为"瀑布一条街"。

樟木口岸的海拔约2300米，与尼泊尔仅一桥之隔，"友谊桥"的中央以一条红线划分国界。隔山相望，山坡一带是湿润型的沟谷地段。这里的针叶树云南铁杉和常绿阔叶的樟科、壳斗科的树种，不但资源丰富，而且利用合理，起到了一定的保护作用，形成了独特的树形。在树干高8—10米处，形成截头后圆卵形的树冠。这与当地的砍伐方式有关，这是一种"高干头木"作业，这种方法对树木持续生长的影响不大，还可以促进再生新枝，是既用了薪柴，又保护了树木干形和生长的较经济、有效的一种"生态作业法"。

樟木口岸是尼泊尔与我国民间商贸交往的一处沟通之道，也曾因往返行人用火不慎而引发森林火灾，大片粗壮的针叶树干上火烧痕迹显著。

探访亚东林区，从江孜向东，经海拔4100米的多庆湖、帕里镇，南下入沟，直至海拔1600米的下司马镇。这一线沿亚东河而下，山体坡面上有规律地垂直分布着暗针叶林、如柱的铁杉林和整齐的乔松林，以及常绿阔叶林。

亚东的林区和村落

隔沟相望，邻国不丹的针阔混交林保护得较好，可以见到成群的猕猴在树间跳跃。

亚东一行的森林考察，总体感觉是在湿润的春丕河谷行进，森林的更新和恢复较快。在亚东，我们还享受了一次露天沐浴的野趣。在温泉回水区，几间木屋隔成露天的大小浴池。我被安排在较上游、水温最适宜的小屋内。在氤氲浮动的水汽包裹中，仰望澄蓝的天空，那种宁静悠然的氛围，真使人皈依自然，身心洁净了！

去错那林区考察，原因是我们得知那里有古沙棘林和小熊猫，为探访它们而去。

经朗县到山南雅砻河谷一带，此地是藏族农耕发源地之一，西藏第一座宫殿雍布拉康高耸在雅砻河谷山坡脊顶上。在上面纵观雅砻河谷，农田平整而宽广，庙宇和藏王寺等古迹点缀其间。

在喜马拉雅山海拔 4200 米左右的岗面上，我们考察了沙棘疏林，有树高 10 余米、胸径 1 米左右的古沙棘树。之后在与一位错那县农林科技人员共进晚餐时，他提供了一个绝好的信息，那就是错那西侧的一条支沟东嘎乡，有整齐原生的古沙棘林。

次日，我们驱车前往，在村旁，有一片 10 余公顷的江孜沙棘古林，沙棘树胸径多 1—2 米，树高 18—20 米。该片林分树龄在 800 年以上。在海拔 4200 米左右、半干旱荒滩水溪边，能保留得如此原生而完好，大概是村民视其为风水林、圣树了。我想，如果这片林出现在城郊，定是一处上佳的旅游地。

从海拔 4200 米的错那县城一路曲折南下，经冷杉林、油麦吊云杉林，至海拔 1500 米的亚热带常绿阔叶林的勒布区，这里与印度的常绿阔叶林隔沟连坡，是小熊猫的栖息地。

荒漠中绿色的"诺亚方舟"

归途中，攀上冈底斯山后，还看到了一处寺院绿化、改善环境的实例。桑耶寺的庙宇四周有高 2 米左右的多刺灌丛，把桑耶寺围得似一条绿色镶边的大船。我仿佛看到神话中的"诺亚方舟"，庄严地、生机盎然地显现在高天厚土之中，这座荒漠中的绿洲(绿色的"诺亚方舟")被奇幻的、金色的光芒所环抱。

我先从森林生态专业的角度对藏南进行探访和认知，再投入到对藏东南林海的研究。在惊艳、探宝、沉醉、展示的过程中，既有"猛吞"，又有"细品"，收获丰盈而且规划颇多。

对于这阶段的教学工作，我还着眼于采集反映西藏高原生态优势和特色的一些生物标本，如解析木圆盘，生长特异的树、花、果、菜等，逐步建立了标本室。同时还开辟了引种、实习圃地，也曾引种过美国红杉和南京的水杉、龙柏，以及喜马拉雅雪松。这阶段的科研工作，是我心目中的两大重点之一。

敬谒藏北山塬 "寻根"广域草被

我们的西藏高原生态研究，起始的重点在藏东南，但青藏高原的主体，毕竟是广阔无垠的高原面和极高山范畴。所以，探访藏北高原，方才是全局地考察研究西藏高原生态。

1995 年，经向西藏自治区科委报批，科委批准了我们的藏北考察申请，并支援了我们一辆东风卡车。藏北考察不能单车出行，必须准备给养。我们的考察小组由西藏高原生态研究所和西藏科委情报所人员组成，同时，还经常邀请当地科研人员参加。

出发点开始于拉萨的川藏、青藏公路纪念碑，我做了最简短的动员。四句话，十六字：万里之行，始于此矣。同舟（车）共济，纵横羌塘。

我们沿冈底斯山和喜马拉雅山之间的雅鲁藏布江水系上溯，经马泉河、孔雀河、象泉河、狮泉河，西至距克什米尔 60 公里处。折向东，横贯羌塘大草原，至森林草地带的类乌齐，达金沙江。而后返至当雄草原，南下经藏中河谷，达藏东南，我们的大本营——高原生态研究所。绕了大藏北一圈，历时月余，行程近 14000 公里。

行程伊始，映入眼帘的景象与藏东南的高山、深谷、密林、叠翠的景观截然不同，而是高远辽阔、宁静苍凉。但是这种高天厚土的豪壮之美简单而不单一，宁静而具生机，且具有摄人心魄、引人神往的魅力。

沿拉萨河西行，我看到了一幅滩地双柳的美景。在河滩沙地上，两株高近 10 米的柳树，相依相偎，是高原上苍凉而有生机的绝佳印证。为此，我以诗寄情：

茫茫高原路，雅江源流长。

植根沙瘠地，相依傲沧桑。

在过仲巴西行时，需要越江，而夏季冰融水涨，我们在马泉河流域曾经 17 次涉过 5—40 米宽的浅滩，我们的汽车往往是水陆两用，被戏称为"巡洋舰"。一次，越野车陷入水中熄火了，我们立即下水抢出摄录像设备，而我也顾不了寒冷刺骨的冰川雪水，进入水中参加抢救。此时大卡车拴上钢缆，打算将越野车拉回岸上。但是，人力不足，而四野茫茫，不见人影，真有一种呼天不应、叫地不灵的感觉。幸运的是不知何地来了一对藏族父子，帮我们共同拉出越野车，还指引我们从上游一处不陷的路段过。我们极为感谢，他们却不要任何回报。最后我们送了两棵大白菜以表心意。

遇狼群 智斗以对

仲巴到普兰一线，我们沿着马泉河边的沙丘、疏草和矮草地，越冈底斯山，向著名的冈仁波齐圣山和玛旁雍圣湖而去。为了赶路，我们行至天色全黑。夜晚10时许，只见前方有灯光闪烁，还以为遇到了小村或农舍。没想到，靠近时，才发现是遇到了狼群，有十几只。在灯光的照耀下，狼的眼睛呈现棕黄色或绿色的光，狼群在车前跳跃嚎叫。遇到如此突发事件，我们的藏族司机居然将车窗摇下3厘米，架起我从自治区林业局讨要来的双管猎枪，准备打狼。而我居然还冷静地要他关上车窗，同时发出三条指令：一是打开前后车灯；二是鸣笛，想以声音吓唬狼；三是放慢车速，等待大车同行。于是上演了一幕万里高原，车声大作，灯光通明，冲出狼群的壮观景象。估计过了危险区，我们就地停车休息。我蜷缩在越野车内，男士则在东风卡车上过夜。

次日清晨，我们在附近的小溪边生火做饭。重新上路后，拐了一道弯，冈仁波齐雪峰和波光晶莹的玛旁雍错就盈盈在望了。还有星星点点的帐篷和土屋，散落在变色的锦鸡儿等垫状灌丛中。我们急切地前去拜访，原来是马丽华同志组织的一支摄像队。当他们得知我是搞高原生态的徐老师时，如见故人，并告诉我马丽华同志在到处找我，而她现今正在林芝。我也是早就想见她了。真是天地之大，高原之广，人际交往有时巧遇相逢，有时擦肩而过！

走出险地，如见亲人

仰圣山 穿行圣湖

我们怀着崇敬之心，仰视冈底斯山脉的主峰——海拔 6656 米的冈仁波齐。这是一座山形多么独特的圣山啊！正三角形的独峰，水平岩层叠聚，中贯一条通直的垂直节理，构成了一座巨大的十字架，远近均能清晰可见。

我们穿行在拉昂错与玛旁雍错之间的土埂上，左顾右盼。玛旁雍错是海拔 4587 米、湖深 77 米的高原淡水湖，是信徒远道赶来沐浴、净身、净心，然后转山的圣湖。拉昂错被称为"鬼湖"（实际是咸水湖），但我认为"鬼湖"不鬼，只是湖中生物稀少，湖面宁静澄蓝，似乎有一点"鬼气"而已。湖畔，海拔 7728 米的纳木那尼峰高耸入云，构成了拉昂错的一道中远景。

一路逶迤，进入了孔雀河畔的普兰县。当时的县城只有一条土路小街，没有正规的宾馆、餐厅。我们就住宿在边防部队的招待所内，受到了很好的接待。

普兰县，海拔 3700 米左右，年降雨量不足 100 毫米，属于半干旱、燥热气候类型。植被主要是灌丛、草地，人工栽植的杨树、榆树等稀疏生长。这里是西藏国际交往的口岸之一，集中地是一处帐篷市场，简单甚至简陋。商品主要有印度、尼泊尔的首饰、化妆品、小工艺品、药品以及各种羊毛制品。不少尼泊尔居民举家常驻于此或季节性往返。有些妇女和小孩，也甚为俊俏与天真。我们仅买了一些小饰品，我更把带出的手帕、袜子等日用品以及糖果点心，倾其所有，送给这些可爱的孩子。

扎达，是喜马拉雅山南坡西侧一处独特的沟盆地带，是著名的古格王朝所在地。这里既展示了亘古恢宏的地史，又留存了悲怆的历史遗址。由于位置更西，其干旱程度更甚，气候与景观较普兰更为干荒。进沟前，由于道路塌方，我们停滞于山脊地带，却让我看到了周围沉积岩和变质岩的各式岩层、岩块景观。这里曾被一些人视为寻宝之地，而实际上我看到的所谓的宝，更突出的是古迹遗物，显示了古格昔日的规模与辉煌。

观奇异土林　叹沧海幻化

进沟后，我们遇到了大规模的典型的土林景观。昔日特提斯海中，不同质地、不同硬度的岩层沙砾，经水、风雕塑，形成了现代风蚀地貌。那恢宏的水平岩层被强烈地切割成垂直的土柱，或群聚呈丛林、"宫殿"，或单体呈"宝塔、佛像"。尤其在四周高岗上，更加有峰林殿宇，起伏巍峨，使我恍如进入了一座迷幻之宫，一座地质、地史的博物馆。

我们看不胜看，拍不胜拍，唯恐错过胜景，错过绝佳的光影角度。我想，如果乘直升机在半空中环视，那应该是多么壮观、多么奇妙、多么美轮美奂的场景啊！这恐怕是美国科罗拉多大峡谷所不及的。

由扎达向阿里行署狮泉河行进途中，我们经过海拔 6000 余米的达巴山，眼见到大地展至无垠，苍穹覆盖周边，好一个天地交合的气势！这又一次见识了地球之圆而小，高天之阔而渺。我们的汽车极似一只缓慢爬行于天际的小小甲壳虫，而人就附身其中。

宿朗巴兵站　感军民情深

行至夜晚，借宿于朗巴兵站。在这里，还发生了一个有趣的插曲：投宿时，不同于以往，被盘问再三，当确认我们是西藏高原生态研究所的科研人员时，门岗面色才缓和下来，给我们提供两间住房，并说："今天没有电，没有水，我们也没东西招待你们。"我们感谢了他们的接纳，在手电筒的微光下，以干方便面充饥，对付了一夜。

次日清晨，营地里，人来人往，原来是兵站夜间巡逻，搜寻企图出境的两车、七至八人（其中一女），正巧我们的人和车辆状况与其相似，故被误解。此后，营长连连向我们致歉，并且招待了一顿热腾腾的早餐。告别时，我们将车上的所有存货（土豆、萝卜和大白菜）全部留给了营部。因为这里将接近我们西行的终点，折向东行，即可到达阿里行署所在地——噶尔，我们就可以补充给养了。

此次一行，我们从西藏最西缘、距克什米尔约60公里、新疆与西藏的交界处开始，由西向东南，由阿里至那曲，横贯万里羌塘，直抵"三江"流域的川藏界河——金沙江。

回顾这一行，是区域性生态反差极大的考察之旅。我们由藏东南的山峰峻峭、绿荫遍野、密林山花、露润草长的绿得极致、润得极致的生态优越区，到高寒干荒、人迹罕至的生态脆弱区，差距之大，可算极致了。

全局观 系统观 策划蓝图

本行程首站阿里的首府——噶尔，又称狮泉河镇，海拔4300米，年低温−35°C左右，年降雨量80毫米左右。总体环境是疾风常吹，雪少而暴，雨丝飘忽，骄阳炙人，荒滩疏草，人烟稀少，真是高亢、寒荒之地。

我们遥观，狮泉河及其支流纵横，润泽着干渴的大地，环视周边山体，尤其是一座古火山遗迹，其屋脊式的火山颈口与阿里宾馆的屋脊几乎是

深入林区沟壑，喜遇军民亲人

深入林区沟壑，喜遇军民亲人

远近、高低相互映衬，真是"世界屋脊"的屋脊。而古岩层峭壁上密集的洞穴千疮百孔，是野鸽子的筑巢地。车行于此，鸽群轰然起飞，蔚为壮观。

这里大地荒凉，矮草疏生，河岸边只有零星的红柳丛。我们了解到，过去这里沿河的红柳成带密集，株高可达3—4米。如今，由于城建和人居，不但红柳被砍伐殆尽，而且刨根断源，致使红柳难以更新再生，恢复生机。

我们虽然感慨于植被荒疏地还被如此肆意利用，甚为心痛，但也体会到当地人生活的艰辛。据说，这里订阅报纸的人，一年的报纸也仅供烧一顿饭而已。何况由于冬季冰雪封山，由新疆至阿里的邮路半年不通，家信甚至"急报"收阅时，已成"历史"。因此我们怎么能责怪对红柳的砍伐呢？首要保证生活必需，再行注重环保实施。

由噶尔东行，经革吉、改则、盐湖、巴林错，起伏行进在海拔4500米以上的高原面上。虽然周围苍凉，人迹罕至，但是人间的交流、支持，倍感温暖。在革吉，见到工作在此的农牧学院牧医系的藏族女生，她那种惊喜、依恋之情，体现在她始终满含热泪的眼中。我们只有以蔬菜相赠。别时她更是泪流满面。待我们车行很远后，还看到她的身影，直至融合于地平线。

当我们行至羌塘的中心地带，旷野一片寂静，临近夜晚，我们急需寻找住宿地。行至东噶地区，突兀地出现了两间茅屋，柴门虚掩。屋内有几张由树棍、砖头搭起的床铺，上铺茅草。外间一只火炉、一堆羊粪、一袋青稞、半碗食盐。此情景，虽然简陋到极致，但也温暖旅者之心到极致。因为这可以救人于危难，甚至救人于生死之间。这就是高原之上，宽广胸怀、人性之光的体现。我们自由地借宿一晚，临行前，也放还了一些食品，掩门而去。

万里羌塘，也是千湖之域。面积5平方公里的湖泊有300多个。至于小湖、沼泽、湿地等，更是星罗棋布，波光闪烁。我们曾见过若干幽美而奇幻的景象，如湖滨嫩黄的委陵菜连片蔓生，恍若南方的油菜花田，只是贴地矮生而已；也有湖心小岛形似浅盆倒置于平静的水面上，叠印成双。

前往色林错的过程，也颇有戏剧性。我怀着向往，决心去色林错边近观。但进湖途中，道路极为泥泞，小车车轮几乎一半处于泥中，挣扎着前进，起伏颠簸，犹如在沙发上狂跳迪斯科。这是水域旱化、碱化、退化的反映。眼见近观湖区的打算成为泡影，而且清楚地看到，如果继续坚持，有可能两车八人均陷于湖沼。我们只能再艰难地退出，这也是我唯一没有实现既定计划的一次。

藏北的大地，浅草青青　藏北的天空，澄明幻化

藏北的草地平整如毯，无边无涯，无路有迹。由于各类车辆恣意而行，草地上深、浅、宽、窄的车辙或平行或交错，呈放射状伸向远方。其中更有各种野生动物的行迹，或列队整齐，或蹄印杂乱。当时阳光从侧方射来，光影和角度极佳，我很想停车拍摄这无垠的高原上"处处无路处处路，泥泞之中蕴生机"的情景，但见两位摄影师疲劳过度，深深而睡，实在是不忍将其唤醒。此后再未见到如此绝佳的画面了。但这个场景永远地印刻在我的脑海中。我多想在这海阔天空的芳草地上，自由地翻滚，接受它深情的拥抱。

我更叹服草地的生命力和奇特的生命现象。清晨，阳光乍现时，草

藏北的生态类型与生机

层上会出现 1 米左右的雾岚，袅袅升腾，如梦似幻，让周围的景物以及远山都显得朦胧起来。原来是草叶上的露珠雾化和土壤的毛细管现象。我不禁联想到，那油菜花田上飘浮的花粉雾，把空气都染成嫩黄色了。这些中微观的生命现象，对旅行者来说，也甚为醉人。而我对草本的尊崇和对草原的珍视之情，于此更为浓重了！

藏北的天空，湛蓝得让人疑其为假，云团更是幻化得酷似人为。我曾见一幅浓云为框，中有奔马，冲向框外，幻化为另类的奇景。还常见雨帘垂于天际，雪幡挂在半空。天地万物似乎在为我们做一幕幕惊心动魄的专场演出。

那曲，意为黑河，行署所在地的海拔还高于阿里，为 4500 米。我们进那曲前，似乎那曲行署已经在望，为了抄近路，小车陷入流沙中，下车掏沙，效果甚微，甚至越掏越陷。而同行的大车，已经走正道反超我们了。其时，天色近黑，真是一筹莫展，似乎"九九八十一难"的最后一难来临了。所幸大车虽走出很远，但不见我们的踪影，返回寻找，才把小车拖出沙窝。此后深一脚浅一脚地翻过沙山，直到深夜方才到达。在那曲，也同样受到羌塘人豪迈、热情的接待，他们无私地提供了所有专业资料，并且介绍给我们东去考察的途经路线和联络人员等。

羌塘山塬 "亲情"豪放

由那曲东行，向索县、丁青、类乌齐方向，从地貌类型上，由羌塘高原向"三江"流域上段的山塬、沟谷而去；在植被类型上，由疏草荒原、高寒草甸向灌丛、疏林转换，温湿度状况缓缓上升。

在途经丁青、索县时，还偶遇了昔日输血给我的藏族学生（这里的民俗认为血管里流着同型的血，就是亲人）。学生早就等候"妈妈"的到来，不仅声声唤我妈妈，还逢人就介绍，而且还陪同我们沿途考察，使我常常感到阵阵温暖在心头。

回忆那次珠峰干部专业培训班的教学过程，对我而言，尽己之力，结合实际，培训环保人员，责无旁贷。而抱歉的是身体突然有恙，未能面对面地授课，但却深深地感受到了回荡在高原大地上的师生之情、藏汉之情、军民之情。

当时我的住院手术过程，需要输血，而我的血型是较稀有的 AB 型。当学院广播站播出消息后，立即有数十名年轻师生登上两辆卡车去医院化验，准备献血。最终有三名学生的血型与我匹配（其中两名是藏族学生），他们无偿地为我献血，给我以年轻的生命动力。

我得悉我住院开刀之事惊动了学院上下诸方，深为感激，也甚为过意不去，内心掀起了感情的思绪与波澜。我想：高原的山、水、生灵就是我学习与服务的基地，西藏农牧学院和高原生态研究所就是我的温馨家园，农院的各位领导就是对我关怀备至的当家人，各系、部、所的同行（同仁）是我的自家人，而青年教师、学生就如自家的孩子！这一个"家"字深深地扎在了我的心中！

部队、医院全力以赴地医疗护理，使我半个月后即健康出院。我真情地赠以锦旗，上书"服务为人，刀下有神"。据说这面锦旗至今还挂在部队的荣誉室里，既反映了军民之情，也展示了医术之精。

海拔 4000 米左右的索县是以牧业为主的农业区，在这里，我们看到一座古庙，其形式若小型的布达拉宫，一块块青稞田围绕着庙基，长势挺拔，似绿色的帷幕烘托着这座土石结构的梯形古庙，苍劲而威严。这是一座源于藏族先民智慧的历史性建筑。

丁青处于藏东北"三江"流域的山塬—红土地带。沟壑中，不少岩石露头形态突兀，构成了各式峰林石堡，更有似人似兽的大石，有形似大佛坐于山岗，也有酷似老虎立于山头。此"老虎"面向东方，我不禁神思到金陵，"虎踞龙盘今胜昔"，自然界的"老虎"是否也有交流与联系呢？

丁青这个红土地带，基岩主要是紫色砂岩，而且反映了古地史的温润期的红土类型。所以，在景观上，呈现为独特的荒凉瘠地上的农业区，在紫色砂岩的山边隙地，红土相对深厚处种植青稞，因而田块的形式自然而多样。在村前屋后，甚至大面积的山坡上，青稞有成熟的金黄，有待熟的翠绿，间以棕红色的岩体和土地，把"三江"流域的峡谷、水系、山体，配比装点得五彩斑斓，给人以远古苍劲但又生机绵延之感。

类乌齐位于"三江"流域上段，属半干旱、森林—草原植被的典型地带，峰奇石怪，疏林草原。中旱生的川西云杉是这里主要的适生树种，在悬崖峭壁间或小群或单株生长。高低参差，自然布局，形成了峭壁劲"松"的势态，既有生态意义，也有观赏价值。

我在类乌齐的若干起伏的山体和幽深的峡谷中行走，被周遭的天然画廊所吸引，真是应接不暇，神魂颠倒。我叹服川西云杉林的生命力之顽强，飞籽落于岩隙中，稍有雨润，即能萌动扎根。适应性如此之强，可以吸收养分于瘠土，穿行扎根于裂缝。它虽然生长缓慢，但年长寿高，形成了枝干遒劲、傲岸的劲"松"，令我敬佩与敬畏有加。

我们从类乌齐东向跨"三江"抵金沙江畔，可以说贯通了西藏由西向东的大藏北之途。返程时沿西藏中线南下，考察目的地是羌塘南缘的当雄草原和纳木错及疏林地带。

到达当雄草原，面对念青唐古拉山 7111 米的主峰，耸立在天边。草原辽阔而悠远，目光所及，点点的帐篷，一位孤独的牧羊人边放羊边转动着手中的转经筒，还有一位老牧民，三块石上架着汉阳锅在烧酥油茶。高原牧区的寂静、旷远、悠闲的氛围，令人陶醉。同车年轻人突发奇想，说：徐老师，这里一马平川，你可以开车。我也和他们一样"神经"了，向司机请教一番，于是在海拔 4200 米的当雄草原上，我第一次违规地无证驾驶，因而引发出我多年后在折多山区第二次也是最后一次的"信马由缰"。我们由当雄草原、念青唐古拉山口向东，向拉萨河源流的麦地卡驰去。

古庙（热振寺）古树 苍劲生机

这里是高寒、干荒疏林带，一片大果圆柏疏林，面积约有 500 公顷，分布在海拔 4200 米至 4500 米的垂直带上，形成了满坡苍绿。其中不乏长寿古树，我们调查到有高 19 米、胸径 1.7 米的立木。圆柏属缓生树种，但寿命较长，可耐干寒、瘠薄生境。能长至如此粗壮的古树，寿命肯定超过千年了。

殿宇众多的热振寺，坐落在大果圆柏古林的下缘，反映了人文历史、古庙与古树互为依存的关系。周围还有一片玛尼墙，长约 20 米，镶嵌着一块块玛尼石，矗立在高高的河阶上。坡下流水中，滩岛断续，分布着沙棘古林。遥看似灌木，实则是高近 20 米的中乔木林。

看到藏北高原的支沟地带，也有保存完好的林、水、寺庙等自然与人文和谐共存的景观，我联想到在羌塘看到的一队牧民朝圣者，如果到此，会同时满足他们朝拜神灵与圣树的两大心愿。

由唐古拉山口西进纳木错，山路颠簸，翻越 5400 米的纳根拉山。为了制作生态科普教育电教片，我站在山岗，介绍周围的岩层地貌、山川形胜。当日风雪交加，迎风时，雪花成团呛入口中。而翻过山岗后，风雪骤止，阳光普照，蓝天白云，海拔 4700 米的纳木错展现在下方。

天池——纳木错　地热——羊八井

纳木错是我国高原湖泊中面积第二、海拔最高的高原湖，被藏族人民尊称为天湖，是咸水、淡水混合的湖泊。湖区的扎西半岛上，发育着显著的冰水冲积扇和溶洞、天生桥等岩溶地貌。堆砌耸立的奇峰怪石，犹如守卫天湖的天神门将和刀锋画戟，更衬托着天湖的圣洁和威严。我们在此既采集到砾石滩的植被标本，更看到罕见的日冕奇景。

同时，我们还参观了羊八井地热田，只见高几百米的热水柱喷爆而出，云蒸霞蔚，那壮观景象令人瞠目结舌。但是这里也有温存的、惠民的露天游泳池，恐怕是海拔最高的温泉泳池了吧，而且似乎是为我们的藏北之行洗尘、休憩的，年轻人畅游其中。而年过花甲又不会游泳、似旱鸭子的我也被吸引，下到水中活动了一番。当我举目环视，不禁感叹，在高原大地的深处，还有多少未知的能量何时涌现出地表，被人类所知、所用啊！

藏北之行，我们八人两车，真是"头枕着边关明月，身披着雨雪风霜"，人虽极度疲劳，但收获丰盈；车虽耗损破旧，但运行正常，带我们安全地返回到科学的小庙——藏东南林芝的西藏高原生态研究所。

翌日，林芝电视台的点歌节目，播放了一曲《好人一生平安》，以

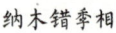
纳木错季相

祝我们凯旋。当时我一人在高原生态研究所内静静地听着这首歌，胸中又激荡起羌塘豪迈的风云，流下了沧桑而宽慰的清泪。

纵览大高原 回归"小木屋"

回顾此行，苦则苦矣，累则累矣，但这是高原生态事业的必需。我始终明确：藏东南是研究高原生态丰富、多型的基地，而藏北羌塘和极高珠峰是高原的主体。不朝觐与考察它，不能构成高原生态的全局。

我曾把高原生态类型归纳为冰、水、草、林、脆五大类型。藏北羌塘与珠峰范畴基本涵括了生态脆弱区的高、寒、干、荒、风、沙、陡。所以此次也是生态脆弱区之行。生态脆弱区的关键是"脆"，怎一个"脆"字了得！"脆"字给人们的印象似乎是环境严酷，资源匮乏，不宜人居，无法改善。因而人们一提起藏北，即心生恐惧，视为畏途，称其为"无人区"，甚至"生命的禁区"。其实藏北不是"无人区"，而是"少人区"，还是"勇者、韧者之区"。既有植物，也有动物。植物中的红柳，既耐高寒，也耐酷热；既耐干旱，也耐水淹；既耐贫瘠，也抗风沙；可以在高亢的狮泉河畔，绵延数十公里；高可掩人，根深及丈。

草本即根本 地球家园的衣食父母

至于草本群落，在羌塘高原，有多种、多形式、多类型的种群分布生长，盘根错节、走茎宿存，真是"野火烧不尽，春风吹又生"。所谓"萌生"，所谓"茁壮"，均是由草而来。过去常说"只见树木，不见森林"，而我们往往"只见树木，不见草本"。但是恰恰草本是一切生物的食源，是根本的根本。草本是适应性和生命力最强的群体，对万物生灵，对保护大地，都是最默默无闻的英雄，却又最不被人待见。实际上，岂止是"英雄"，民谚云"衣食父母"，"草群就是大地之衣，生灵之食，是我们地球家园的父母"。

动物中的小精灵——藏羚羊，是羌塘高原上美丽的舞者。它们体态轻盈地自由奔跑，生于斯，长于斯，繁殖于斯，举家迁徙于斯，构成藏北高原上最灵动的一群。野牦牛，是藏北高原上威武的王者。我曾看到，在漫天大雪中，野牦牛身披厚厚的积雪，安卧在雪地上。那种岿然不动、坚忍不拔的悲怆而威严的气势，让我敬佩不已。所以有人提出"牦牛精神"：忍处恶劣的条件，啃食低矮的青草，提供浓郁的乳汁，充当高原的船舶。

至于多种飞禽，如大雁、黑颈鹤等，冬去夏来，迁徙于南北，栖息于水体。以高原水域为家，繁衍生息，用色彩和鸣声装点着高原的天空和大地，又是多么高洁而圣美啊！

可见，藏北高原绝不是"生命的禁区"，而是韧者自由翱翔游走之区。怎一个"韧"字了得！以"韧"字对"脆"字，上演了一出出亘古延续的生命之悲喜剧。

学术成果交流　展示高原珍稀

1986 年，我赴美参加了一次"地球保护联盟"的专业学术会议。会上我介绍了我国西藏高原生态的独特与优异，介绍了西藏高原森林分布与物种的丰富多样性，介绍了西藏云杉的"三高"，即高蓄积量、高大、高龄，还介绍了西藏高原生态是世界上三极之中的高极，以及其在千沟万壑的地势中物种的珍稀品质。与会的美国、日本、法国等多个国家的专业人士予以赞赏与认同，并做了交流。

1987年，我赴日本富士山麓参加了一个国际山地方面的研讨会。会上交流讨论气氛较浓，我在会上介绍了西藏波密岗乡的高蓄积量林芝云杉林，旨在如实反映高原珍宝。与会者饶有兴味地听着我的报告，露出惊奇与欣羡。会后，一位法国专家向我讲道，他看了不少国家的密林巨木，中国西藏的这片森林是罕见的，还频频竖大拇指。还有一位美国学者更向我提出想将美国红杉与林芝云杉的生长做对比性介绍的想法。我对他们表示同行间理解的致意。

会议同时组织我们考察了富士山及其植被带。富士山海拔3650米，与我在西藏考察的山体相比，既不高，也不成群。但它是典型的、孤立的火山颈口，远近均能观其英姿。在山上看到成群的冷杉孤立木站杆，应是他们将"灾害"遗迹留作警示教育的题材。此后，还看到了泥石流过境冲得七零八落、树干扭曲匍匐的林分，并保持原状，用绳带维持范围，供研究与观光，还在附近配置了成带的木板块，让野外旅游观光的人自带帐篷，在原生环境中自由地小憩。

更有一处"鬼押石"公园，乱石林立，奇状异形，是火山地震后的景观，被整理成观赏、教育的景点。观者众多，其中，中小学生占较大的比重，教师带领着边看边讲。这种灾害性教育，对提高国民认识自然、防灾护卫是有作用的。

他们也利用灾害派生的地热温泉，把宾馆、住家与温泉结合。工作之余泡泡温泉，祛劳提神。我们就在富士山麓的一家宾馆中泡温泉，也让我被火山灰硌痛的脚得到了一次舒适的抚慰。

日本是个岛屿型小国，他们在土地资源的利用和绿化等方面都很注意经营与保护。他们的山道多弯而窄，但设施周全，以防交通事故。而立交、高层公路则缓解了人车的拥堵。家庭住宅往往是小小庭院中的平房木屋，简洁温馨。藤森教授在他家宴请我们四人，在小小的厅堂中，矮桌地席，一汤四菜，夫人亲自招待。那种典型的日式风格，隆重而亲和。

生灵万物 道是无情却有情

在西藏，除了教学、科考与人打交道之外，我还与几种动物结下了深厚的情谊。去西藏之前，我对动物的感情不深，也没有过要养动物的冲动。但到了西藏之后，因为偶感孤独，曾有养只动物为伴的想法。因此在藏期间，生态所有过几只动物朋友。

起始是生态所里养了一只引种的狗，叫"戴维"，此狗身形较大，比较凶猛，为防其惊吓到访客，被锁在了主楼旁。

第二个狗朋友，是我们考察组去藏南的樟木、吉隆时遇到的。当时看到村民的平房顶上的一只狗妈妈带着两只小狗玩耍，很是有趣，我当时就想，等考察结束返程路上问他们要一只带回去养。而在返回时，我们的藏族司机已经提前和村民讲好，所以这只狗朋友便跟着我们一路回了生态所。这一路上我们之间已有了比较亲密的关系，所以一旦我们所里的人从它面前走过，它就会跟上来。在和我们的相处中，久而久之，它就对汉族人产生了友好的感情。为了让它和戴维做伴，我们便给它起了个名字叫"威廉"。威廉是一只长毛中小型犬。说到威廉和戴维见面

我的动物朋友

的故事也是颇为有趣。刚见面时，先来的戴维就有一种仗势欺狗的行为，想要给威廉来个下马威，然而它的这番打算还没取得成效时，就反被威廉的狂吠吓破了胆。而威廉也比较温和，因为较小，就成了跟着我们游走的好伙伴，待遇高过了戴维。

后来，我们又遇上了一个新朋友。当时，我们所里的第二位司机旺扎晓得我对狗的喜爱，在从拉萨回所时，还特地给我带回来一只狗。这只狗体型同猫一般，是一只雌性长毛吉娃娃，所以我给它起了个名字叫"阿信"。因为它是三只狗中最小的，所以我们对它的宠爱程度最高，就把它放到了我在农牧学院的宿舍里。每天我离开宿舍时，它都会爬到沙发背上，贴着窗户与我告别。而在之后的日子里，我们还养了另一只狗，起了个名字叫"娜塔莎"。这几个朋友，让我们在工作之余也有了愉快的心情。

在我退休离开西藏的时候，我把阿信带回内地家中。后来，威廉也被带了回来，让常年独自在家中的范老师有了伴。

威廉和阿信这两只狗跟我们在南林住了好几年，也就陪了范老师好几年。这两只狗也日久生情，成了亲密的情侣。作为男友的威廉每次吃饭都会很绅士地让阿信先吃，阿信却会推推威廉，不让它跟自己抢。当我们一家人齐聚的时候，我就会戏称说我们是"一家六口"。后来，因为住在六楼不方便，威廉便被我们送了人。刚送去的几天，威廉不吃不喝，把新主人吓到了，打电话和我们说他不能养了，所以我们就去看了威廉。看到我们后，威廉才开始吃食。至于阿信，我们之间的感情更深。范老师生病卧床的时候，它就躺在范老师的枕边。在范老师想起来上厕所时，它以为范老师好了，便开始欢呼雀跃，还扯住范老师的裤脚，想帮助他起来。

后来在我家中的一次小型总结会议上，我有些激动得热泪盈眶，阿信就把两只小手（前爪）搭在我的腿上，用舌头舔我的手，以示安慰。使我很是感动。阿信也成了我家中不可缺少的一员。后来，阿信被我带去了灵山小木屋，在那边怀了孕，分娩的过程，阿信吃下了胚胎，消化不良过世了。在我得知此消息时，真是甚为伤感，人与动物之情也是相通的！

在野外考察过程中，和我有亲密接触的动物朋友是马。10多年来，为了考察西藏，我走了10多万公里的山路，其中2万多公里的路都是在马背上走过的。有五匹马和我的感情颇深。一次，在林芝的湖区往内深入考察时，调查到平均高约18米的沙棘林，这种植物在内地都是低矮的灌木状。往内深入的过程中，我们一行五六个人，跟村里人租马。当时他们选了一匹很温驯的马给我，而我会骑马，会下马，但是不会独自上马，所以每次上马都需要有人助一臂之力。

一次，在我们考察返回途中，突起狂风，飘起大雪。我们中一位戴的草帽被风吹到我的马前，使它受惊而狂跑，我则摔下了马，被扶起来后不能再骑马了。

另一次，我们出察隔沟时遇上了险情，雨后的沟边小道，坡面很滑，乱石苔深，我的马马失前蹄跪了下去。我也不敢乱动，怕引起它的异动，就静静地等它慢慢站起来。我很感谢这匹马，就剥一粒糖喂它。

1982年，我第一次探索墨脱，历经了专业上的惊艳与收获、生活上的重病与起死回生，待到大病初愈才出沟。当时乘了一匹识途之马，沿途曾三次遇险而幸得它的帮助。第一次是过冰墙时，我撞到了冰墙上的冰柱，跌倒在地，后面同行的人赶来扶我，而马就立在旁边等我。第二次是在过弯时，一匹死去的马，惊到了我的坐骑，它抬起前蹄近于直立

我的动物朋友

而悲鸣，我当时一把抱住了马脖子才没有掉落。第三次是在行进路上遇上了倒木，当时我抱住了倒木，脱离了马，后面的朋友赶紧把吊在倒木上的我扶下来，继续骑马前行。这位马朋友始终护我翻山越岭、出沟过江，直达碧波沃野的尼洋河（我心中永远的门前流水）之畔。

我的动物朋友还有一只小熊。山中的猎户抱了一只还没有断奶的小熊到我们生态所问我们要不要买，所里的藏族朋友普琼知道我爱动物，就和他讲了价，买了下来，我给它起名"鲍比"。鲍比就在我们生态所所长办公室的外间会议室中安了家，大家都开玩笑说它是副所长。我们当时用罐头盒给它喂奶，所以后来我一起来，它就会叼着罐头盒跟着我要喝奶。后来我出来开会，所里的人放它出来活动，结果它爬电线杆时出了意外。

还有一只西藏画眉鸟，它当时掉在我的院内树下，被董老师捡了起来送交于我。我就把它放在了小鞋盒中，每天喂它。后来有一天午休时，小鸟从鞋盒子里跳了出来，跳进了我的卧室，在我的床边啾啾叫个不停，想吃东西，我起来喂它，它就跟着我一路跳出户外。后来一位报社记者来采访，在客厅与我对坐交谈。小画眉就从鞋盒中跳了出来，跳到我的脚边，顺着我的腿跳了上来，我就把它接到手心里，它就轻轻地叫了几声睡着了。记者见此情景说了两句话：徐老师，你对小鸟都如此有爱心，连小鸟也懂得陪伴你，解你寂寞！

植物也有情。植物跟人的感情在清晨的时候"反应"得最明显。朝阳初升时，露珠与植物的奇妙结合，让我对植物动了心。所以我都会在凌晨早早起床，看学院的花花草草，露珠点点，忍不住给它们拍照留念。

小草亦有情。凌晨的时候，看到草坪上面雾气氤氲，我不禁感叹：

小草的景色也能如此之大美！其中有两种草我对其有深深的感情。在岗乡时，一种叫委陵菜的植物，远远望去，底层一片翠绿，上层是鲜亮的黄色，上表面水汽浮动，让花在其中呈现出一种隐隐飘动的美景。在4300—4500米之上，灌木和砾石滩交界处有一种植物，高寒地带的一种高山大黄，呈塔形，株高可至近2米，一个个大苞片包住花蕊，这种特殊状态的生长适应，体现出了生命的顽强。

在西藏的高原小木屋中，我会在工作之余去欣赏自然，充实知识和情趣。在我工作的三层小楼上有一个小平台，也是我晨昏光顾之地。站在平台上眺望尼洋河，春来江水绿如蓝。

在此还可从远处看云层，像是横跨尼洋河两岸的"彩虹"。高层的是卷云，低中层是积云，再低层则是雨云。卷云的变化最为莫测，值得我遐想，所以还有什么可寂寞的呢？

在尼洋河谷地海拔3000米附近有一片雅鲁藏布柏木林，其中一棵最大的巨柏，胸径4.2米，树高51米，冠幅640平方米。其时报纸上介绍我国最大的柏木在黄陵，一棵高30多米的柏木。西藏的这株雅鲁藏布柏木，恐怕才是国内最大的柏树（王）吧！

西藏黄牡丹是牡丹原生种之一，被我们引种于高原生态研究所内，称之为"所花"。我还赋诗赞美之：国色天香在人寰，赢得世人竟忘返。焉知原生云天际，皎洁嫩黄自安闲。委陵菜也是遍地黄花盛开在滩涂地上。从黄牡丹到高原野生花卉，这些原生的、野生的物种，藏在深山人未识，独自开放，独自凋谢，周期性地悠然生长，适应着万象气候与季节的变化。

所以在野外工作的我，不是孤身一人，而是拥有如此多的动物植物朋友，让我感慨，让我叹服。所以，我们对于生物界的一切都应该心存感激、感恩之情。所以说，西藏不是对人不适之地，而是坚韧生物（人类）的活动、研赏之处！

放眼宏观 聚焦命题

回顾我从援藏、调藏，到以高原为家，向高原学习天书地史、物种、景观、人文，概括起来就是学习了各类知识、揭幕了高原生态以及全球高原生态制高点。40多年来，行、观、学的过程，是在大自然中砺炼的过程，是在艰途中每时每刻拼搏的过程。但好似又是一个瞬间的过程，弹指一挥间，回首已近半个世纪。这是苍天的厚爱，对我的眷顾，给予我太多的、长期的启迪和收获的过程。

1995年，我刚考察完藏北的"冰、水、草、林、脆"，有了对西藏生态区域性规划的构想。但刚立题，便被告知退休手续已经下来了，至此，我的西藏工作生涯似乎结束了。从援藏到调入西藏，前后时间是18年，但是对我来说，高原生态，尤其是西藏这个全球的高原生态制高点的工作，才刚刚开始，或者说是刚刚揭幕，起码有宏观上两大方面的工作或项目要落实。

其一，我觉得高原生态不能仅仅局限在藏东南这一块，实际上高原生态是以大高原的冰、水、草、林、脆为主的一个宏观生态范畴，既含有藏东南林区，还包括更大范围的极高山（珠峰）范畴和藏北、藏南地区以及青藏高原影响所及周边地域。尤其要对生态、类型、特点和生产、生活植被资源等情况进行研究、了解，然后用之于生产、开发、保护、利用、管理等，搞出宏观的区域性规划、多学科共同使力的大命题。

其二，我有一个想法，就是高原生态这么一个小小的雏形要怎样完善，要怎样在学科领域、研究体系里面细化、具体化、整体化，以及怎样完善充实和外界相关方面的合作等。我体会到高原生态范畴太大，不是我们区区数十人、某几个学科所能承担的。我是从森林生态起家，但这仅是高原生态生物组分中的一方面，其他的还有各个学科分支、项目领域等，如农、林、牧学科，农业方面的草牧业学科以及生态环境的各类学科等，这些都有待建立与完善，需要大家除了教学以外，使课题之

捧进西藏的水杉幼苗已成茁壮大树

间能联合组成一个整体，通力合作，进行各个地区以及科学系统的工作。据说中科院也有一个青藏高原研究所，如此类部门都能变成一个能合力合作、相互沟通、相互学习、取长补短的整体系统，这样就能既不脱节，又不重复地工作了。遗憾的是，我退休的时间到了，我恨不得向天再借一二十年，将高原生态区域性的规划做起来。

此后多年来，我一直没有停止对青藏高原生态功能和价值的思考，我认为，从青藏高原的天、地、水、生物等各方面可见，青藏高原的生态功能与影响范围，既有区域性也有全局性，既有现实性也有潜在的持续性，是全球范围内唯一重大的生态制高点和生态功能区。

对于从事高原生态研究的科学工作者来说，探索和揭示高原生态功能、学习和遵循高原生态规律、珍视与保护高原生态系统，是我们的使命。

青藏高原的命题博大精深，值得一代（多代）科学工作者为此探索、献身。我认为当前更需要重点进行生态脆弱区的保护与恢复的研究，对脆弱区的类型、脆弱程度的级次、退化的导因与方式、恢复的机理与措施进行深入研究，让青藏高原更快速、更多方位地勃发生机。

人的一生，工作总是做不完的。要说革命自有后来人，做科学工作亦是如此！相信后来接班之人一定能不辱使命，把高原生态、全球高原生态制高点的工作做得更好。相信青出于蓝胜于蓝！至于我，自会"一息尚存，不落征帆"，只是走下高原后，退而不休的工作重心会有所调整。

展示与对比

徐凤翔
回忆录

退而不休再造木屋　全家助力装点灵山

1995 年有个国际性的妇女大会，我参加了由西藏自治区组织的一个小组。我非常重视这次会议，并利用这次机会，对西藏高原生态科研领域的扩展范围，即科普教育方面的工作做了介绍和呼吁。那时，《北京日报》记者初小玲还特地对此报道说：这是对"小木屋"的扩展，也是高原生态科普教育的扩展。因此，北京有些区县知道我退而不休，有继续为西藏高原生态科研领域工作的想法，纷纷邀请我去立项建所。

灵山是北京的制高点，地势为首都之最，海拔 2303 米，我爱称其为"北京的珠穆朗玛"，与青藏高原的部分地段有相似性。我接受门头沟区政府的邀请，在灵山建立了"北京灵山生态研究所"，并在所内建设继西藏"高原小木屋"后的又一座北京"灵山小木屋"。

有幸的是，我的这个动议得到了北京市政府有关部门、相关专业机构、门头沟当地领导及社会各界的理解和切实的支持。在天时、地利、人和之下，北京灵山生态研究所（灵山小木屋）方才得以建成。

老教授科教兴国贡献奖颁奖会

至此，我依依不舍地下了高原小木屋，上了北京灵山的第二座小木屋。离开西藏下高原时，我在一首告别诗中，曾有一句这样抒情："江畔小楼梦魂牵"，以示尼洋河畔的高原小木屋将永远入我梦。我还在高原小木屋前摄影留念，对照片中的情景，赋诗以志：

小木屋前伫望，思绪万千绵长。

前景云深如何？霞光为我导航。

高原就是以如此深情祝福送别了我！

在北京的灵山小木屋，我的工作重心已经有所转移，以向国内外宣传介绍西藏高原生态为主，对青少年进行科普教育为辅，同时也不停止对高原生态进行科考对比研究的工作。因为灵山小木屋纯属我个人想继续为西藏高原生态做点事，想继续建一座科学的小庙，虽然得到政府和各个部门领导的支持，但终究属于民营机构，没有固定的资金来源。所以较之高原小木屋，西藏高原生态研究领域的扎扎实实的科考研究与教学工作对我来说已经是心有余而力不足了！

灵山小木屋的规模不大，仅拥有80余亩园圃和实验地以及一片山林，建成了小木屋展室、生态教学楼、温室、多功能厅（内含"灵山生物多样性"和"大高原纵览"展室）、引种试验圃地、树木园、小水域以及基本生活设施。对于青少年生态教育或野外教学而言，基本具备了软硬件设施和食宿条件。

灵山小木屋的建造过程也是一路坎坷，一路艰辛，边筹建，边科教，边吁求，"多方并举"。一边大力宣传以科普教育为主，介绍西藏高原生态、加强生态环保；一边接待各方人士（房屋未建造好，就住帐篷，教学食宿均是教研实习型或免费提供）；一边到处奔波，寻求资金；一边做建筑设计并付诸实践、开始建造。

其间，因为我儿子在清华攻读建筑学硕、博，所以灵山生态研究所的总体设计，包括灵山小木屋的建筑设计，均由其免费完成设计和建筑施工中的监理工作。为此，他发表了一篇《蕴雄浑予灵秀》的论文，受到了业内人士的关注。据此我得知他的设计思路，既体现了西藏民族特色的宏观大气，又有江南灵秀的韵味。对他的这一佳作，我是满意的，同时更感谢他对我事业的支持！

投身灵山科教 展示高原风采

我们主要从事如下工作：介绍、展示西藏生态、资源和民俗风情；考察灵山的次生植被和"亚高山"草甸及其在华北地区的生态屏障作用，引进生态保护理念与措施；从事青少年及社会性的生态科普教育工作，"请进来"（参观展览，展示高原），"走出去"（受邀到大、中、小学讲座），大力宣扬我在"生态寄语"中的精神：爱我华夏，爱我河山，保护地球，造福未来。

我们的展览，接待了来自各方、各界的观众，尤其是青少年朋友。小木屋展厅的前言中，展示了青藏高原的神韵，凸显了我国西部和东部绿色的连接和亲缘关系。其中写道，西藏"具旷古之魅力，应展示以共享"，被一些朋友激赏，认为如见"落霞与孤鹜齐飞，秋水共长天一色"。灵山生态多样性展室的前言中，我介绍"灵山之灵，一高二草。高，海拔 2303 米，为北京的最高峰。草，仲夏之际，碧草青天，山花争艳，露润草长"，朋友们认为，这对灵山的称颂，虽不敢说后无来者，却是前无古人了。

对于大高原纵览，我写道："更令人堪忧者，社会阶层多陶醉于建设之快速，沉湎于消费之繁荣，游乐于伤残之山水。希吾世人，善待自然，以维护负重之大地，留存薄产于子孙。"很多参观者边看边慨叹，理解我的痴情与苦心。

这一座独具特色的"小木屋"被称为"精神贵族"的生态庄园，起到过绿化、科化、文化、净化的作用，被各方誉为"一座独特的生态科教园地，一处纯真的生态旅游景点，一片高雅的生态文化氛围，一条绿色的藏汉团结纽带"。更被当地认为，以生态环保带动了灵山一线的生

北京灵山"小木屋"创始

态旅游与经济开发。

在科研方面，以生态相似性的原理，我们做了一些试验工作：试验引种西藏中山、河谷、半湿润地区物种；试验栽培华北山地主要乔、灌木和药用植物；结合一些现实的体会，呼吁石质山地"重草、重灌、重乡土"的生态保护理念。

在生态科普教育方面，我们一是多次组织介绍高原生态讲座。一批批学生不断上灵山来参观，还有各个机构也会组织来灵山参观交流并住宿于此。我给他们做PPT，用图片介绍西藏高原生态的资源、特色等。二是接受大、中、小学以及环保人士的邀请，进行科普交流，每年约10次，每次50—100人不等。三是灵山小木屋经常接待一些零星访者，其中还会有一些领导人士和国际友人。北京市某副市长来基地时，正巧碰到一个东北团队来搭帐篷驻地学习。他看到后说："喜

灵山"小木屋"科普教育活动

灵山"小木屋"科普教育活动

马拉雅雪松是由印度引种扩展，我们再从印度引种到内地的。"市领导不仅懂得业务专业知识，还非常重视我们这个生态环保科普教育基地。他指定市秘书长作为联系人，向我们专批了资金。对北京市领导给予的关爱和支持，我由衷地表示感谢。一次，北京市科委主任也来到我们这里，还关心地询问了我们的发展定位方向。我说主要不是面向科研而是面向科普教育工作了。他觉得这个大方向是正确的，就是应该把灵山做成一个科普教育基地。

我的科学知己黄宗英大姐与她的老伴冯亦代老先生，也到过我这第二座科学小庙，还和我们一起住帐篷。年迈的冯老每次睡下起来时都有些困难，让我们来"拔萝卜"把他拉起来。真是，知我者、助我者，宗英姐也！

来灵山访问的还有北欧的两位朋友。我陪他们到灵山的大草甸，还参观了我们的帐篷村。他们看后很兴奋，觉得这也是科普教育的一个亮点。我还带他们到西藏转了一圈，事后他们也邀请我和我先生去了一趟北欧。

此外还有旅日华人专程来灵山小木屋参观致意，情义诚挚！

一些记者朋友，对灵山的生态科普教育活动非常支持。印象较深的是共青团团报的一位女记者，来灵山调查以后还打趣地说："您从高原下来后，完全可以回南林大居家安享晚年，却又上灵山这荒原，展示西藏，进行生态科普教育，似乎有'传道士'的味道。"央视记者白岩松也来到灵山采访，我们一起往山上走去，在一段起伏残破的古长城遗址处，坐在石头上，交谈着对灵山的期望，他问到了我家里老伴及儿孙的状况。我也是一个凡人，怎能没有亲情！我的心也向往着自然，也挂念着家里的每一个人，但灵山小木屋的工作正在节骨眼上，我岂能半途而废！

范君抱病 竭力相助

1997 年，我和范老师共赴美国探望女儿，其间，我因灵山小木屋先行回国，范老师多待了一段时间。待到他回国，我去机场迎接他时，见他严重消瘦，检查才知他患了较重的糖尿病。之后他又跌伤过两次，后一次更为严重。但我在北京，没法照顾，于是让人用担架将范老师从南京抬上火车接到北京。在这种情况下，范老师也没有埋怨，一如既往地支持我的工作。

2004 年，灵山小木屋的进展一切良好，当时我还在北京灵山忙于第三座小木屋的建设（对生态科教、西藏相关内容的扩展）。范老师自 2001 年患病，至 2011 年过世，10 年期间一直在轮椅上度过。我却没有停下考察的步伐，几经考量，将范老师送去养老院照顾。但只要我在家，就会每天带一小盒他能吃的点心水果去看他。

一次，他跟我开玩笑说：你这样跑来跑去，是不是还要乘美国退役的宇宙飞船去月球啊？2008 年，我在多瑙河考察，正值中秋节前夕，天上一轮圆月甚是明亮，我顿时联想到"但愿人长久，千里共婵娟"，抑制不住对范老师的想念。我们的两地相思，连绵了四五十年。"源头"是我，他理解支持，有时还参与援藏，真是可歌可叹！

此后的几年，他的性格与以往相比有些暴躁，说我更加重视事业，不顾家庭，想要和我离婚。我理解他年老多病的心态与焦虑，自感对家人、对老伴是有歉疚的。

感范君扶持相伴 铭自强西窗唱和

我清楚地记得，2011年9月25日，是个星期日。那几日范老师在敬老院里身体有些疲弱。在101中学读高中的小孙子回家来探视爷爷。而我因参加"绿家园"组织的东非生态观光行汇报活动，当日在中科院动物所参加青少年的交流，于是先与爷孙暂别，会议后匆忙赶回。只见范老师面色蜡黄，很不正常，便立即送他去医院。路上我说你的脸如此之黄，他还笑着说："黄种人嘛，当然黄了。"这就是范老师一生的最后一句话！

此后他便因严重失血而昏迷。而区医院内没有血库，我通知了儿子，当时他正在外出返程的途中，傍晚赶回便把范老师送至市中心医院的急症室。"绿家园"的朋友来医院看望，并建议儿子找个附近的宾馆让我住下，说年老不宜陪夜。

我独自在宾馆，既忧虑又自责，只顾自我的活动而忽略了他的病情。预感到事情的严重，但又侥幸地期望他只是一时的昏迷。子夜十二时，小董来敲门，告诉我范老师有些焦躁，让我去医院探视。其实，当时他已经过世了！

医院里的范老师，与我刚分别时一样，静静地躺在急症室的床上，身边的设备已经撤去！想着急症室还有别的病人与他们的家人，我只能强忍着悲怆，不敢出声！只有抓住他的手！他的手还是那样，比我大得多，厚重得多，但他原先是温暖的，令我安心的，现在我能感觉到他的温度正一点点退去，我紧紧抓着他的手，多希望能传递一点热量给他，延续他的生命啊！

儿子在急症室外办完缴费等事后，范老师就被推进了太平间。我隔着玻璃看着我的老范被放进一人长的"抽屉"里，那时终于懂得什么叫"天人相隔"，永生不能再见！我的老范此刻就躺在冰冷的"抽屉"里，好像他的灵魂也被关在里面，此生，我是再也没有他的相伴了！

送他归位后，回到家中已是凌晨四时。儿子和小董安顿我休息后，便又开车进城。儿子上午还有课，小董到医院补办退床位缴费等手续。家中空荡荡的，安静森然。我独自躺在床上，只感到凄凉从心底弥漫到全身，仿佛世间万物索然无味了。

我深自谴责自己在生离死别时，仍在考虑不打扰病房的他人，只能静静地流泪。在这悲怆重压下，我起身为我的老范写悼词。我写道："相伴八十秋，中夜骤撒手。五十四年前，定情后湖州。互勉耕耘志，常别不言愁。青山留英姿，金陵遥相守。高原频召唤，君亦从如流。勤教藏汉仔，更培新师秀。研示松脂优，无论夜与昼。我成论文稿，君誉字锦绣。娓娓议生态，西窗烛诗歌。而今天人隔，来日共邀游。"我一边写，一边泪水长流，真想追随他而去。

就这样沉思着，回忆着，曙光照进了屋里，我在这晨曦的阳光中听见了鸟鸣。就好似上天与范老师在指引一样，我突然振作了起来，脑中浮现出范老师的笑脸，仿佛是他正在对我说："你怎么能这样消沉呢！"对！我还有太多事要做，还有太多任务没完成。为了高原生态科研与青少年科普工作，为了自己的子女儿孙，我要继续做我的工作，完成我的任务，带着范老师对我的期盼，带着范老师的为人与品质在我身上留下的印记，努力前行！

范老师的葬礼规模很小，是我们俩之前就说过的形式：不用唢呐，不要哭丧。我不相信"长存"，所以大堂上写着"范自强安息"，放着贝多芬的《田园交响乐》和《春江花月夜》的音乐。每个人都是静静的，静静地听悼词，静静地流泪，静静地追念范老师。

我的告别词是：

"自强老伴：今天，我们的至爱亲朋来送你最后一程。有你为之奉献终生(58年)的南京林业大学和理学院的代表；有你倾心支援的西藏农牧学院和西藏高原生态研究所及国家林业局管理干部学院的代表；有北京灵山生态研究所的职工；有NGO组织'绿家园'的志士仁人；有安徽师范大学的刘慧君；有知己好友陈清泉、王方晨、张丽媛等各位；有你很关爱的侄儿女(修齐、修丽)由江苏赶来；而我们的家人有你心爱的儿子、挚爱的孙子和远道赶回的女儿。在这里，向你献上鲜花和心意，祝你的在天之灵安息！

"我代表家属向诸位致以诚挚的谢意！

"人生的确是：来也匆匆，去也匆匆。而你更是走得太匆匆！

"感生命之脆弱，留诸多之念想！

"我清夜思量：你的一生貌似平静、平淡，却很不平凡。你工作极为勤奋、严谨，真真诲人不倦。你待人极为真诚，真正竭力助人。你处世极为平和，但刚正不阿。你对母亲极为慈孝，对家人极为慈爱，诚属是一位极具君子风范的知识分子！"

范老师的骨灰安葬在宁波老家的陵墓。他的堂弟玖林热忱地接待祭奠的亲友。我每年清明去祭奠范家祖先，更与范老师叙话。玖林堂弟对我说：新坟三年内来扫墓、祭拜就很好了，何况堂嫂你年事也很高了，不用每年往返辛劳。但我说：只要我健康地活着，还能走动，每年都会来的，与老范有话要说！如此一直延续了九年。直至2020年被疫情所困，未能清明祭灵，于是急切地等待来年。但是今春（2021年）樱花已落英纷飞，而我还缠绵于病榻，亲友殷切劝阻。看来我与范老师的墓前叙话，再不能实现了！

回想和范老师的点点滴滴，我感到他在对待工作和家庭方面，可以说尽心尽职。他工作出色，为人正直。他的同事对他简括评价是：有水平，讲真话。我深深感谢朋友们对他的理解！

至于他对家庭、对我本人也是很为周到。他赞同我对亲戚在经济和物质上的长期支援并主动参与；对我的专业特点——野外实践多，也很为支持理解；我们在家能够共同讨论有关专业理念和诗文唱和；更为难得的是支持我的援藏与调藏，而且他也四次援教，并参与高原生态研究所的筹建与科研工作；支持灵山建所，郊野生活，在灵山病卧。有伴如此，夫复何求！

多方协力相助 共建科学"圣地"

北京灵山生态研究所起到了介绍西藏的"窗口"和面向社会生态科普教育的作用。我被认为是弘扬民族精神，增进藏汉团结的"标兵"，但自以为实是一只尽力的"工蜂"而已。一位从国外专程来访的华人朋友深情地写下"高瞻远瞩保生态，率先垂范振中华"的寄语。

建所初期，我们边建设，边进行生态科普教育活动：野地露营，举办生态夏令营，大家在自由的空间里，听讲座、访山林、采标本，举办篝火晚会、载歌载舞，共同在生态环保的气氛中得到启示和交流。

有一次，北京市医务系统的专家来参观后，捐赠了1000元。当时的1000元放在今天不止万元，且都是当时各位医务人员随身携带的钱凑拢而来的。我接受这沉甸甸的捐款时，如同接受了白衣天使对生态环保的爱心，感动得热泪盈眶。

北京灵山生态研究所从新建到"辉煌"，有影响、有成就，还获得过多次奖励。在众多奖励中，最让我珍视的是中国环境新闻工作者协会和香港"地球之友"联合颁发的地球奖：2001 年的地球奖是表彰我为西藏高原生态研究所做的工作；2003 年的地球奖是表彰我们北京灵山生态科普的效应。

2006 年 1 月，我们举办了灵山生态基地 10 周年回顾讨论会，汇报主题是"灵山十载耕耘，生态环保奇葩"，得到了生态环保方面的领导和有关同行的充分肯定。中国老教授协会林业专业委员会还为此写了一封如诗如歌的贺信，同时还赠送了题为"雪域立业，灵山创新"的牌匾。中国生态协会也赠送牌匾一幅，上书"碧凤丹心"。许多专业人士和友人也纷纷题词祝贺。10 年的创建，也算是留下一座圣洁的小庙！

再探西疆南域 寻源沟谷大漠

灵山小木屋的教研范围，除在北京灵山进行科普教育和回访西藏以外，还扩至"大高原"范畴。我申请了世界自然科学基金课题，进行大高原的生态对比考察。访问范畴直至青海黄河源、新疆阿尔泰、喀纳斯等山塬雪岭地区。

新世纪伊始，我邀志同道合者，共赴征程。2001 年开始对西藏高原的珠穆朗玛冰雪荒原区、藏北高寒草原—草甸区、藏东南色季拉林区及大塌方区进行了生态对比考察。这几处，是我熟悉的、魂牵梦绕的"家园"。所以，我既是归家，又是探新。记得飞越西南林区、"三江"流域上空时，我从机窗向外看雪峰、看水系，心情激荡。同行的梅记者说："徐老师，没想到，你经常往返的人，还会如此激动。"

对于拉萨河谷，我既关注它的农田收成，更关注沙山的扩展状态，对飞沙上山、越岭，印象深刻，对比鲜明，因为昔日的沙山已经铸入我的记忆中了。

此次拜谒珠峰，主要因闻说珠峰地区修建旅游道路，我有所忧虑，故而前来。只见老路、新路、便道、取沙坑和工棚驻地，纵横狼藉，黄沙扬尘。发展旅游业固然需要，但在如此干荒的生态脆弱区，动土毁草，应该极为慎重对待。国外的土面生态路是值得借鉴的。同时，对于如此珍稀的珠峰地区，旅游的吞吐量也应该控制。

藏东南是我的第二故乡，是我高原生态创建阶段的大本营，我当然更为关注。而气候湿润、植被茂密的山地陡坡，也是生态脆弱区，塌方的起因当然主要来自大自然，但人类对地表的破坏也不容忽视。

此次的大高原生态对比考察，我们还经过了渭南、川西一线，干荒区、植被区一些地段的生态脆弱特点、形态、运动等都让我们触目惊心。我们更吁请人类尽力善待自然、保护环境，以利家园的安宁。

2002 年，我们重点考察了北沿的新疆风沙线，如阿尔泰的喀纳斯林区、天山的伊犁林区、巴音布鲁克草原、昭苏绿洲、准噶尔戈壁、塔里木河流域的胡杨林区、风蚀区的魔鬼城、吐鲁番盆地和一些古城遗址，更经历了北疆、南疆、天山南北，也让我回忆起 40 多年前纵马伊犁林区，夜探雪岭云杉林、解析标准木等情景。

由于我老伴范老师也参与了此行，所以我们在经阿勒泰地区时，特地拜访了禾木村。爬到山坡上俯瞰禾木村全景，只见幽谷绿林、小桥流水，牧马人在丛林间扬尘而过。最合我心意的是，原木垒起的木屋散布整个村庄，袅袅炊烟在万山红遍的醉人秋色中冉冉升起，形成一条梦幻般的"白色哈达"，不是仙境，胜似仙境，真不愧为"中国第一村"！

我们还观察了阔克苏大峡谷的鳄鱼湾。鳄鱼湾底，平静碧翠的阔克苏河水深嵌在或粗糙，或光滑，或嶙峋，或诡异的层层叠叠的古岩峭壁之间，两边高耸的崖壁掩蔽着水体，似金门半开，半锁半露。其中谷底一块突出的岩角，像极了一只凶猛的鳄鱼，狰狞地俯卧着，使阔克苏河在此形成了一个翡翠似的大峡湾。

我们还到了距离乌鲁木齐30余公里处的"亚心"（亚洲大陆地理中心）地带。这里有高18米的"亚心"标志塔。在海拔1280米的"亚心"，朝四方眺望，东有博格达冰峰，南倚天山山脉群岭，西依头屯河激流，北接准噶尔盆地，那种神秘感油然而生。"亚心"之都——乌鲁木齐，离海洋最远，大陆性最强，为我国独有的特殊地理环境。新疆不再是边缘区域，而是亚洲大陆的中心！

此次考察使我们进一步认识了新疆地史上水陆变迁、风沙的缘由与威力，以及丝绸之路与历史古城的兴衰。所以将新疆定位为旅游大省之说，是有基础的。但是，在以干荒为主的生态脆弱区，发展旅游业，应该慎重从事，如古城遗址、特殊的风蚀地貌等，应该是保护性的旅游，绳以细规，宣讲科普知识，进行环保教育。

更有一些"无价之宝"的资源，如奇台千株以上的硅化木，任其散失，真是历史性的憾事！至于独特的胡杨林和坎儿井，则是自然和人文的历史性的骄傲，更应该宣讲和保护。

总之，在辽阔的新疆大地上，严酷的生态环境中，我们看到了独特的生态类型，万物生灵顽强的生命力和风情万种的人文习俗，应该说是个广域的保护区。我们怀着关爱与叹息，制作了专题片《新疆生态行》，发表了近10篇相关文章。

2003年，我们考察了滇西高黎贡山和怒江流域一线。从南段的瑞丽、腾冲向上，直到北端的独龙江林区；从滇中的大理至丽江、迪庆一线的白马雪山、梅里雪山林区，横跨怒江—澜沧江—金沙江河谷，经泸沽湖林区出滇入川。

在此范围内，我们主要探访"绿色王国"。此行绕山环水，感到"绿色王国"总体上还算绿得摇曳生姿，但有些地段的绿色淡了，甚至成点、成线状的绿。而常绿阔叶林地带，不少被开垦为旱作梯田。俗话称："一年吃火气，二年吃土气，三年吃空气。"也就是说，坡地开垦，耕作原始，导致水肥流失，生产两三年后，也就基本无收，红褐色的岩层裸露，呈现出石漠化景象。

伐后的迹地上，往往出现一些非目的物种，即所谓的"入侵物种"，如紫茎泽兰、黄花木等。我不免要为这些物种"申辩"：何来入侵之说？当土地裸露贫瘠后，乡土种难以生长，倒是适应性、扩展性强的物种，随遇而生，它们本质上是"先锋物种"。

在云南境内，我们既访水系、平坝，也考察南盘江、思茅等林区，那里植被各有特色，人文风情亦各有千秋。我们也遭遇了险情。适逢澜沧江涨水，水面宽达50米，须涉水而过。只见对岸傣族妇女怀抱小孩，头顶货筐从容过水，边走边将筒裙向上挽，到近岸水浅处，又将筒裙渐渐放下，轻松而熟练。但对我来说却成了难题。河底沙石硌脚，不穿鞋几乎寸步难行。我见傣族妇女有拖鞋，就用刚学会的傣语"卟哨"（音近似"菩萨"，意即小姑娘），与她们打招呼，借用拖鞋。她们愉快地答应，使我得以过河。我真觉得她们就是菩萨了。

一次行进途中，起初还是晴空万里，突然就下起了冰雹，小如胡豆，大如乒乓球，甚至有拳头大的。我们紧抱着仪器设备站在大树冠下躲避。不一会儿，雹止雨停，又云淡风轻了，人与仪器均未被淋湿。但在林外草地上的牛羊，则有被冰雹砸伤的。

出滇西北，进川西，经两省交界处的泸沽湖，湛蓝的湖水，宁静的山村，仿佛为我们洗尘，劝我们休憩。我们沿湖而行，几株初秋的杨树正在"换装"（绿叶变黄、变红），即将脱落。我联想到摩梭人独特的母系社会的"走婚"习俗，吟诗曰："泸沽湖畔姐妹杨，拭去汗水换秋装。绿屿轻舟鸣声悦，女儿国中有故乡。"

此次考察的生态对比，主要对比的是绿的变化，这倒是人为因素起了主导作用，因深感生态理念、环保行为的普及教育实属当务之急。

2004年，我和灵山生态所的一位青年及两名摄影师，由国家大熊猫保护项目提供经费，一行四人由北京出发西行，经太行山跨黄河，观壶口，沿途过吕梁、陕北、甘肃、青海，绕河套，起伏于内蒙古沙地，而后东返。此行主要是寻绿探源，对比高寒、干荒、风沙地带的生态脆弱状况及其因由。

沿太行山脉西行，过古意盎然的风陵渡，至黄河壶口段，在巨大的断层岩面前，我们领略了"黄河之水天上来"的恢宏气势。黄河水携带大量泥沙，所以成了金黄色的瀑布。黄河水一路咆哮到秦晋峡谷时，河面宽度由400多米骤然收缩至50米，倾泻于落差30余米的石槽中，因其形酷似茶壶注水，故而得名"壶口瀑布"。黄河水奔腾呼啸而下，跃入深潭，溅起巨大的浪涛，波涛汹涌似翻江倒海，势不可挡，瀑布激流振耳欲聋。

黄河发源于巴颜喀拉山北麓的各姿各雅山下的卡日曲河谷和约古宗列盆地，分南北二源，两地海拔在4600米至1800米之间。

卡日曲，本是藏语，意思是红铜色的河，位于巴颜喀拉山北麓的各姿各雅山下，海拔4830米。它的源头是5条从山坡切沟流出的小泉，最初的河道只不过是一条宽约1米的潺潺溪流。它从平坦又狭长的卡日曲河谷由西南向东北流淌，沿途接纳大大小小众多支流，逐步汇成一条宽10余米、深1米多的小河。卡日曲河水清澈见底，游鱼可数，两岸有无数大大小小、形状各异的海子，河水穿过100多公里的峡谷，在巴颜禾欠山与约古宗列汇合，注入马曲河。

约古宗列，亦是藏语，意为"炒青稞的锅"。这是当地藏民根据这里的地形象形取名。约古宗列是一个东西长40公里、南北宽60公里的椭圆盆地，周围山岭环绕。盆地内有100多个小水泊，远看像是无数晶莹闪亮的珍珠镶嵌在盆地。水泊四周，是绿草如茵的天然牧场。在盆地西南面，距雅拉达泽山约30公里的地方，有一个面积为三四平方米的小泉，清澈的泉水不停地喷涌翻滚，汩汩有声。喷涌而出的泉水汇合了盆地内浸渗出来的无数涓涓细流，逐步形成了一条宽约10米、深约半米的潺潺溪流。约古宗列在星宿海与卡日曲汇合后，形成黄河源头最初的河道——玛曲。玛曲，当地藏族群众称之为"孔雀河"，河源地区最大的两个湖是扎陵湖和鄂陵湖。

为了探源，我们住宿在海拔4200米的玛多县。高寒地带，缺氧反应严重，我整夜难以入眠。次日进入鄂陵湖、扎陵湖地区，原本蓝天白云，但当到达黄河源纪念碑处时，狂风暴雨。我们考察组人员是虔诚造访，向天汇报，向地汇报，投身于大自然家园。大家不顾寒风冷雪，忙于摄影，渐而感到亢奋，似乎寒气顿消。我在海拔5400米的"牛头碑"下，从专业的角度，为科教专题片做了一段激情洋溢的解说。同伴们很吃惊，天寒地冻，徐老师哪儿来的如此激情？这是我面对母亲河、面对一片冰清玉洁的环境，有感而发，是我从生态对比角度作的一次面向辽阔旷野的祝祷，是对高原的崇敬，对河流一泻千里、润泽大地的感恩，对万众生灵的情谊与期盼，倾诉衷情、不能自已的表达！

至于寻绿，西北干荒之地，原本以黄色为基调，但我们在中条山系却见到了人工种植的云杉林，使得苍凉的大地上能看到绿意，看到生机，看到人类护卫和经营的力量。我们还在延安地区的延水河边，观赏到水域、支沟、坡面上的针阔混交林。我们还专程拜访了黄陵古柏。那株高35米的古树苍然而立，虽与西藏林芝高51余米的雅鲁藏布柏木在树高上相差显著，但其展现出历经沧桑的韧劲。

联想到我1978年首次去延安、富县一带，当时心中向往着宝塔山和延河水，却看到了一片苍茫，老乡的生活还似电影里反映的那么简朴。时隔20余年，陕北大地也出现了山青水绿、和谐宁静的景观，这是我们沿途寻到的一个个"绿点"。虽然大地广袤，"绿点"尚稀，但却是希望、是曙光、是方向。

对大高原的生态对比考察，我们历时不长，线路不广，只是匆匆一瞥，但是我们带着生态的眼光，带着环保的希望，也带着民间现实的需求和长远的理想，清楚地感到：半个世纪以来，我们面临的生态状况只是局部改善，总体欠佳，我深感保护改善生态方面任务的艰巨。我想在生态的自然资源保护方面，当今要努力遵循"五护"的原则，即护岭、护坡、护绿、护源、护土，制定兼顾经济发展与人民生产生活需要的长效、切实的措施，以修复和改善生态环境。

近年来，有幸眼见与耳闻，规划与绿化越来越好，堪以为贺！

纵览五洲 对比特色

关于生态对比的考察，我还将考察区域延伸到国外五大洲的主要线路、典型生态类型，与我国（尤其是青藏高原）的景观、资源、生态类型进行对比、分析。

北极（挪威、芬兰）——纵目高极

1999 年 6 月，由于专业上的交流互访，我应卑尔根大学两位教授的邀请，探访了挪威的主要林区并考察林区景观，其间还去了芬兰的部分林区、机构进行踏察，并借此将北极范畴的一些地段景观与我国青藏高原的高极——珠峰，进行了生态对比。

那次的行程，由卑尔根群岛西进，翻越约顿姆山系，南下至奥斯陆，再北上入北极圈内，至濒临北冰洋的巴伦支海。

所行观感，主色调有二：林线以上为白色；而林线以下，几乎无山不绿，有水皆清，碧草起伏。温性至寒温性的暗针叶林欧洲云杉—冷杉，以及欧洲赤松林为主的林分整齐，曾见胸径 1 米以上、树高 50 米的立木，使我简直忽略了这里竟然是地近北极圈的事实。

其绿不但反映在林与草对地面的覆盖上，更突出的是绿色覆盖房屋的景观。沿途可见星星点点的"生态屋"，一些民居与山乡别墅的屋顶上多有鲜活的绿草和小花。美观、自然、节能、调控！

至于林线以上的冰雪带中的石滩草甸带，更有防雪与指路的设施。路旁以石头叠成堆，插杆指引，与西藏祈求平安的玛尼石堆又好有一比。

进入北极圈，从洪宁沃格镇、特鲁瑟，直至巴伦支海滨。北极小村，晾鱼木架和各家窗台上的花架，反映出远在天涯海角的居民区宁静而又生机盎然。依山而建的小村，其山坡上设有沿等高线的五道防雪栏，宛若五线谱，耸立于天际，宏伟而悠然，极具特色。

由东部边界南下，沿挪威著名的南方峡湾而行，陡峭的山崖，曲径通幽，浅滩秀木，四周悄然。我沉醉在温润、寂静的峡湾山路上，仿佛回到了心仪的雅鲁藏布江大峡弯中。当我观景拍照时，不慎将相机盖掉入水中。水深1米左右，清澈的水中，只见相机盖左右摇曳，仿佛鱼翔浅底。

友人西格蒙为了让我们看到北欧原生的泰加林，带我们入芬兰境内。我已经准备好签证，但实际上，挪威与芬兰之间的林区考察、学术访问，入境出境，无关无卡。

芬兰是一个绿山碧水的袖珍之地。虽然1/3国土在北极圈内，但森林覆盖率高达76.2%，水域宽200米以上的湖泊有5.5万余个，全境丘陵起伏，形成了森林—湖泊—沼泽—草地，水天相连、蓝绿相间的氤氲景观，使我有了梦回烟雨缥缈的江南家乡的感受。

位于湖心岛的芬兰亚北极观测站，安然幽静，学术氛围甚浓。科研人员长期工作、定居在这北纬69°30′的岛上，潜心观测亚北极气候、土壤与生物的关系。大自然回报他们的是宁静、优美、一尘不染的环境。

沿途我们多次遇到驯鹿迁徙，看到露珠晶莹的连天芳草，更驻足观赏沙地欧洲赤松林中黄白色的"菌球"滚动的奇景。

10余日的北极两国观光考察，对极地之绿，保护自然之情，印象深刻。在返程的飞机上，由北向南，从空中依次看北欧、西伯利亚、大小兴安岭、华北，其绿的状况、绿的色彩差异明显，由绿而碧到斑而苍（暗针叶林云杉林与欧洲落叶松林综合的景观反映），由暗而槁到浅而疏。我再纵目向我国西隅的"高极"展望，则其绿、其林、其恢宏的山川之景，各守其"极"，大有一比。

南美大地 异域同型——巴西、阿根廷

2009 年，我已年近八旬，得知几位"绿家园"的朋友要赴南美巴西、阿根廷生态旅游的消息，便欣然加入，开启了我专业与人生的第三度青春。

亚马孙地带的热带雨林和火地岛极地的寒性植被，是我们"林家人"衷心向往的"圣地"。对我而言，此行是把崭新而奇特的热带地域与我国高原的"冰、水、草、林、脆"五大生态类型进行对比的一次不可多得的生态观光旅游。

巴西胜景

莫雷诺"高坝式"的冰川和麦哲伦岛前的谷口冰积扇，不仅宏观，而且顶面上呈"方天画戟"的冰尖群，又丰富了我们对高极地区山地冰川类型的认识。

世界五大瀑布之一的南美伊瓜苏大瀑布，275 股瀑布呈马蹄形，以宽 8 公里的断层、以平均 75 米的落差飞泻而下。伊瓜苏河发源于巴西南部，沿途汇集了大溪小流，穿过维多利亚山口，以雷霆万钧之势朝着巴西和阿根廷交界的平原奔腾，在伊瓜苏突然受到阿古斯丁岛的阻滞，河道为之铺宽约 3 公里，形成一个水深仅 1 米左右的湖面，湖水流到绝壁时，突现大瀑布群，倾泻而下，声震山河，与我国雅鲁藏布江大峡弯峡谷一泻千里的水系形态有别，而气势则相同。

南美的巴塔哥尼亚大荒原，在安第斯山脉东部背风坡一侧，形成雨影区，成了荒凉的温带沙漠气候区。全年降水量不超过 300 毫米，自西向东呈递减趋势，荒漠直抵东海岸，气候条件恶劣。其虽属荒漠类型，却疏草连片，矮草（高 10—20 厘米）、中草（高 30—50 厘米）群落覆盖率达 50% 左右。所以这里无黄土裸露，少扬尘风沙，与我国西部的荒漠，区别在于疏草均匀分布、人为活动甚少。故我视其类型属"荒而不漠"，更没有"化"。

我们两次敬谒亚马孙热带雨林。其位于亚马孙平原，占地 550 万平方公里，横越 9 个国家，占据世界雨林面积的一半，占全球森林面积的 20%，全球最大，物种最多，被人们称为"地球之肺"和"绿色心脏"，怎能不令"林家人"向往？我们一次是乘坐摩托艇深入"水中林"内，一次是乘坐小型直升机低空航观，对呈绿岛、绿块、绿丝带、绿珍珠的热带雨林进行巡视。

亚马孙水道很窄，两侧林木似华盖，一些大树的板状根、气生根相互缠绕绞杀。为了拍摄这独特的景观，我大呼："绞杀、绞杀，后退、后退。"意思是摩托艇需要后退，让我拍摄这"绞杀"的景观。同船的朋友们也跟着大呼："绞杀，后退。"我既高兴于大家接受了我那带有热带雨林特点的科普，也抱歉让外行的司机和导游吃惊，谁来绞杀了？！

亚马孙热带雨林在群落组分上的丰富、生长习性的奇异、形态结构上的多姿，给我们提供了一场学习与思考的"盛宴"，在专业方面我们的收获极大。不同于欧洲以温带为主的四季分明的气候，这里没有四季，终年如一的炎热潮湿，让植物可以按照固定速率生长，每天12小时，一年365天，争分夺秒。

南美热带植被有四大特点：一是高——树高、灌木高、草高，仅草就高达5—8米；二是大——树冠大、叶片大、花朵大、果实大，比如，王莲的叶径可达2米，而玉蕊科的炮弹树，其果实挂在树干、枝上，真如炮弹大小；三是适应性强——板状根、气生根等恣意生长，"绞杀"寄主，树干上的休眠芽萌动、生花、结果，藤本植物由冠及地，垂直郁闭，各色野花群聚生长，构成一处处"空中花园"；四是奇特——奇花异草种类繁多、性状各异，如一株胸径1米多、高40余米的大树，树干由基部向上，密密地萌生出小枝，粉色的、奇形的花朵"落英缤纷"，而花朵之奇，奇在折叠式的、玉色的花冠下部，着生着近百丝雄蕊。

南美之旅的最后一站是火地岛。火地岛是南美洲最南端岛群里的主岛，呈三角形（底边临比格尔海峡），隔着麦哲伦海峡与大陆相望。群岛总面积73746平方公里，约2/3属于阿根廷，1/3属于智利。

火地岛地形多变。主岛北部大部为冰川地形，以湖泊及冰碛垄为主。南部和西部无遮蔽地带，仅有苔藓和矮木，中部有落叶山毛榉林，北部平原覆盖丛生草本植物。

火地岛的冰川风光别具一格。冰川奇形怪状，雪山重峦叠嶂，湖泊星罗棋布。最大的法尼亚诺冰川湖方圆数百平方公里，周围群山环抱，森林密布，湖水清净，风光秀美。由于岛上动植物资源保存较好，岛上有不怕人的海豹和企鹅，有优良品种的羊和野兔，茂密的山毛榉树构成了森林的主体。在岛南面的比格尔海峡一带，还时常有巨大、珍贵的蓝鲸出没。另外，火地岛的土著奥那族人的流浪式生活和风俗也独具特色。他们的房子非常简单，就是在地上插几根木棍，再搭上几张马鹿皮，很像我们所说的窝棚。

特殊的地域、神奇的景观，吸引了世界各地的旅游者来此观光，为此阿根廷于 1960 年在岛上建立了国家公园。这是世界最南端的国家公园，是世界最南部的一个自然保护区。雪峰、湖泊、山脉、森林，点缀其间，极地风光无限，景色迷人，到处充满奇妙色彩。当日落黄昏时，登上山岗，眺望晚霞中的海湾，水天一色，云霞似锦，美不胜收。

乌斯怀亚小镇是火地岛地区的首府，也是世界最南端的城市，被誉为"地球南大门"——这里的各种标志和设施都被冠以"最南"二字，比如最南的邮局。当我们驱车至南北美洲 3 号公路的尽头，进入火地岛自然保护区，首先看到的是阴湿的寒性针叶林，间以杨树、桦树等落叶阔叶树。有趣的是，一些球形的黄松萝与绿松萝，或滚动于地，或悬挂于灌枝上。而浅水沼泽中的水獭，将杨树、桦树等树干咬断，做坝筑巢。对此，管理处对应地实施了保护措施，让人与生物和谐共处。岛上的公园里还有几处精美的供游人休憩的小木屋，咖啡的浓香、淡淡的书香，飘逸在木屋内。此情此景，触发了我"小木屋"的情怀，看到天涯处处有"小木屋"，即想到天涯处处有生灵，而"小木屋"的形式更使我从简朴中感受到自然与温馨。此行收获颇为奇幻丰盈。

地连欧亚 史溯古今——土耳其

2010 年春，我与"绿家园"诸好友进行了一次"穿越时空"之旅。由北京向西直达欧亚大陆交界——土耳其的伊斯坦布尔，再长途南溯至尼罗河中上游的阿布辛贝，朝觐举世闻名的古埃及金字塔。

面对 5000 年以上的悠悠史诗，我真有穿越时空、神游故国之感，同时更颠覆了以往印象中"非洲等于沙漠，古老等于消亡"的片面观点。

以往对其片面的印象，仅是干荒的沙漠、特洛伊木马的传闻。而亲自造访后，我对土耳其地理位置上的关键作用，气候、植被类型的温润而多样，民族、宗教文化的兼容与并存，以及特洛伊木马史诗般的传闻和古迹，有了较深刻而温馨的美好印象。

土耳其的伊斯坦布尔是国际上唯一横跨欧亚大陆的城市，欧亚两块大陆以长 1560 米、宽 33 米的大桥相连接。这座大桥横跨马尔马拉海峡，北方的黑海和东西两侧的爱琴海、地中海交汇于此。宽阔的水面上，舰艇、游船往来穿梭，水鸟或集群飞翔，或休憩于水面、岸边。两岸城墙、古堡、寺庙、宫殿错落排列，是一处集自然景观、人文风情和水路要冲等多方面价值的观光胜地，世界各地游客云集。

伊斯坦布尔历史悠久，是古代三大帝国——罗马帝国、拜占庭帝国、奥斯曼帝国的首都。城内有著名的蓝色清真寺和圣·索菲亚大教堂，以及托普卡皇宫，反映了悠久历史和宗教文化的兼容。蓝色清真寺被誉为清真寺中的世界之最，以 21000 多块蓝色和白色的瓷砖建成。穹顶上蓝光闪闪，很是壮观。六座尖塔构成宣礼塔，博大、宏伟、端庄，是伊斯坦布尔的地标性建筑之一，更是圣徒们朝拜和游客们向往之处。

圣·索菲亚大教堂也是东西方游客以及当地人经常前往顶礼膜拜之

地。这座教堂是在两度被摧毁的拜占庭皇家教堂的原址上重新建立的，以此彰显拜占庭皇室的坚定信仰与虔诚。作为拜占庭建筑艺术象征，圣·索菲亚大教堂连接着欧洲古典文明与后来的中世纪文明。教堂圆顶高55米，穹顶跨度33米，四周由马赛克装点的圣母、天主、神灵、天使等画像，由地及顶，仅脸部就长达11米，高大伟岸，形成俯视众生的庄严之势。

与蓝色清真寺和圣·索菲亚大教堂齐名的三大古迹中还有一处是托普卡帕皇宫。这是一座奥斯曼时期宫殿建筑的杰出典范。托普卡帕皇宫是奥斯曼帝国鼎盛时期25位苏丹住过的宫殿，作为皇宫达400年之久，一直都是历代奥斯曼苏丹的寝宫。托普卡帕皇宫在伊斯坦布尔的欧洲部分，处在伊斯坦布尔一个充满历史遗迹半岛的海角，可以俯瞰马尔马拉海和博斯普鲁斯海峡。

托普卡帕皇宫内，议事殿金碧辉煌，珍宝馆藏珍蕴宝，既有中世纪的宗教用具，也有皇家使用的珍稀饰物，甚至还有中国瓷器馆，特别使我驻足，并很想探究其来源。殿外，古树苍劲，绿地、花坛，游客众多。

伊斯坦布尔市内，宗教气氛浓郁的中小型教堂、清真寺遍布，高20余米的方尖碑耸立，还有蛇形的青铜柱等。至于城市建设、旅游设施、市民生活，既有古韵，也颇现代，是一座集访古、探宗、观光、休闲为一体的城市。

荷马史诗里的典故，体现在"特洛伊木马"景区中。在爱琴海之滨，建了一座木结构的、二层楼高的木马，供游客登上二楼（进入马腹），做一次"特洛伊木马"之旅。而我们却志在访古。看到旧时的残垣断壁、古道石径犹存，当地人言之凿凿地指着宽宽的坡道，告诉我们，特洛伊木马就是从此处进入城中的，引我驻足遐思，昔日的金戈铁马，而今的遗址沧桑。

这里还有一座古音乐台，半弧形的石阶构成了露天剧场。我们散坐其中，既稍事休息，又神往天籁。有意思的是，一只小花猫跳到我的身上，安静地蹲伏着，使我不禁感慨这个古迹之地，生灵寂寞，寻求慰藉。但为何找上我？是偶然，还是我有亲和、无害的信息传递？

土耳其有绿毯式的草原和成片的橄榄树，还是阿月浑子（开心果）的主产地。起伏的低山丘陵，延伸至远方。我们沿途感受着温润的地中海气候，领略着绿意盎然的草原风光。经爱琴海湾，告别了土耳其。虽然只是惊鸿一瞥，但思绪中却留下了跨越时空、古今交融的美感。

"金"石文化与"碑"石文化——埃及"金字塔"与中华诗石碑

埃及是古文明的发源地之一，给人们印象最深刻的是金字塔和狮身人面像。埃及的金字塔的确众多，大小金字塔有 100 多座。开罗近郊的吉萨区，集中而典型，子孙三代的胡夫塔，第一座"祖"塔，建时高 146.5 米，现高 137 米，是最高大的金字塔；"子"的塔比"父"的塔低 3 米；"孙"的塔高仅 66 米，但其后还间隔排列有其妻、其子的三座小金字塔。

金字塔的工程浩大而艰辛，每块石料高 1.5 米，宽 2 米，厚 1.2—1.5 米，重 2.5 吨以上，一座大金字塔用石料达 300 万立方米。金字塔的建筑体现了古人类的伟大、艰辛与智慧。

在苍凉的瀚海中，胡夫金字塔群颇具规模，游客众多，更有白帽白袍的当地人牵着骆驼接待游客。游客面对着金字塔，崇敬感叹。而我依石而立，面对每一块石料均感叹：地史悠久，古人智慧与血汗之结晶！

埃及的神庙众多，石建筑工程巨大神奇。如著名的卢克索神庙的大石柱群，每柱直径 2—3 米，高度 23 米，柱顶还有莲花状雕饰，134 根巨柱矗立至今，已有 3000 多年，其古代建筑奠基之功，真令人惊叹。

在埃及，巨大的人神石像景点众多，而更有内涵与科学智慧的是在敬谒阿布西姆贝尔巨像过程中，右侧的偏殿内有 60 米长的甬道，这条甬道的尽头，供奉着四尊神像，每年春分、秋分之日，在早上 6 点左右，阳光直射至从右向左的三尊神像上，历时 20 分钟。而西侧的第四尊神像，始终处于阴影中，这位塔赫神，被世人认为是阴界之神。这使我感到古先哲对宇宙空间规律性的认识、季相变化及其光影原理的科学利用是如何的先知与睿智，联想到我国古先哲的若干天文地理的发现与发明利用，感叹古今中外有多少智慧的星星闪烁在天空与大地之间。

埃及的狮身人面像也是一处独特的石文化古迹。在金字塔的相邻相衬下，肃然仰首而踞。其全身长 74 米、高 20 米，仅其"面"部分的大小就相当于美国白宫的体积。这是为纪念远古的一位国王而建的，其面部鼻端被岁月的风沙侵蚀，印证了历史的沧桑。

埃及众多的神庙都是沿尼罗河两岸而建。可笑的是，我常常将"尼罗河"错呼为"尼洋河"，因为尼洋河是我在西藏时朝夕相见的"门前清溪"，对它的感情已经融入我的心田，是我心中的河！

尼罗河是非洲的河流之父，全长 6650 公里。其流域从南纬 4 度到北纬 31 度，润泽着沿岸的各国土地和人民。历史性的泛滥农业，就是源于尼罗河的消涨节律，并因此触发了先哲们对几何学的研究与应用。

此后为了保证农业生产的稳定性，埃及于 1960—1971 年修建了著名的阿斯旺大坝，坝长 3830 米、宽 40 米、高 110 米，使尼罗河水回水 500 公里，形成了纳萨尔湖。因此，尼罗河流域由泛滥农业进入了灌溉农业，这是农业生产必由的进展之路。

我们沿着尼罗河主干及其支沟看到大片的农田、湿地以及茂密的莎草丛（莎草是当地工艺品的主要原材料），一派原生的田园风光。我们还在尼罗河上乘游艇夜游，两岸的建筑与灯光，也颇有现代气息。

我们还游览了帝王谷，这是古埃及多代帝王与王后的陵寝集中之地。有一处开放的地下陵墓，深入地下 45 米，甬道长 210 米，盘旋曲折，有的区段要跪爬前行，我又童心大发地进行了这次"历险"。尽头的小地宫中，一只空石棺庄严肃穆地置于中央。当时我真想躺在这只石棺内感受一下，但仅是想想而已，因为历史文物，不该随意触摸。

访古参观，可以说获得了酣畅淋漓的感官收获。此后我们在红海边休闲了两天。我们兵分两路，多数朋友去海滨浴场，而我和王老师两人，申报乘潜艇入红海。这是我第二次入海，第一次是在夏威夷入太平洋。两次入海深度都在 150 米左右。又一次水下近观鱼群自由翻飞，我们这些乘客却被禁锢在钢铁的"鱼腹"之中。

最后我们到达了亚历山大港。这是一个辽阔而又被弧形长岛环抱的优良港湾。法洛斯灯塔遗址"漂浮"在湛蓝的海水中。游人在海滨随意地观光、垂钓、休闲。我们则沿海滨闲庭信步。

老皇宫和夏宫都沿港湾而立，在闪光的尖顶映衬下，洁白的宫墙显得安详而超脱。我对夏宫前的草亭和岸边的旗形树更情有独钟，静坐观海。待到夕阳入海时，只见云天海域，被照射得风情万种、光影幻化。

此时，我的思绪中，既有观光丰足的回味，又有国内外特色对比的思考。埃及不朽的石（金字塔、墓藏）文化，主要体现在石艺建筑方面，其古、其宏、其经久不损，令人印象深刻。而回顾我国的石文化，真感到是全球独一无二，蕴含着数千年的诗文、书法、雕艺的碑刻石文化，真是万古绝唱！

我国的古建筑多为土木结构和木石结构，偌大的宫殿在改朝换代时往往被付之一炬。而我国历代的文学珍品有些被装点在自然的山石中，如武夷山系中连续的书画石刻长廊；有些被镌刻在大小石碑上，如著名的"三绝碑"（文绝、书绝、刻绝）在我国就有 10 座，散布于各地的遗址、古迹中，其中我最激赏的"三绝碑"，是位于湖南郴州白鹿洞的秦观文、苏轼跋、米芾书的石碑，真是永垂千古的石文化精品。我们对于本民族的石文化的特色和精髓，怎能数典忘祖、熟视无睹呢？

国小教堂大 信徒心无疆——梵蒂冈

梵蒂冈是小而精的独立的主权国家，位于意大利罗马城的西北角，国土仅有 0.44 平方公里，总人口不足千人，是全球最小的国家，但有着世界上最大的天主教堂。此"一堂即一国"的奇景，端庄肃穆，是天主教信徒心中的圣地，朝拜者终日络绎不绝。

圣彼得教堂，为 284 根圆柱形的大石柱所包围，还有方形石柱 88 根，形成了一个椭圆形的大教堂和露天广场。教堂大厅内，古典、高雅、虔诚、净化。殿内和露天广场上，石雕像比比皆是，蕴蓄着虔诚向天和静心学习的氛围。

由埃及运送来的方尖碑高 25.5 米，重 320 吨。还有精致而巨大的喷泉，润泽着广场的各个角落，在阳光照耀下，似珍珠普洒大地。

精致的园林景观环绕着圣地，更有宫殿楼顶平台上培植的成行绿树，烘托出一片生机。在此环境中，朝敬者的心灵和精神不由得被感染与净化。

罗马古都 水上"胡同"——意大利

意大利形似一只长筒高跟靴，伸向亚得里亚海和地中海。罗马古都还保留着斗兽场和凯旋门遗址。教堂、图书馆，庄严、肃穆地矗立于树丛、草地间，是欧洲的科艺文化古风与当代景观的名胜。昔日的宫殿似闪烁的珍珠，内蕴丰厚，参观者络绎不绝。

水神群像，场景壮观，栩栩如生。鲜花之城佛罗伦萨的"海神广场"，耸立着数百座雕像，形态各异，其中大卫塑像更是举世闻名。

我们还去了一座很小的教堂，原来是《罗马假日》电影中，公主把手伸入狮口中的一个场景。城市的雕塑、昔日的宫殿，似闪烁的珍珠，以丰厚的内蕴吸引着各方游客。

对水城威尼斯仰慕已久，我印象中是一座恬静的、温馨的，甚至带有虚幻意味的、"漂"在水上的城市。而当我眼见时，它却是一座阳光明媚、人声鼎沸的热闹小镇。

环水之地，桥梁众多，据统计共有大小桥梁 350 多座，连接着 100 多个小岛，10 多条运河，构成一个水系网络。其中大型石拱桥长 23 米，位于城区中心，熙来攘往。其中最突出的是一座长 10 余米的"叹息桥"，据说这是被判终身监禁的囚徒必经之桥。对于囚徒来讲，真可算是终身的叹息了。

让我饶有兴致的是想多经历一些"水上胡同"的小水道，多参观一些"胡同"里的房舍人家。乘"贡多拉"小船，穿梭于"水胡同"与河道之间，看到房舍外墙水渍斑驳，记录着水位的起伏，也预示了威尼斯的前景。至于水中竖立着的集群式的木柱，据介绍它们坚硬如铁，耐水湿，不腐朽，反映了古代木材防腐技术的精湛。

对于威尼斯的惊鸿一瞥，算是实现了我心中的一个向往。感觉威尼斯的水城似乎是一座贵族的宫殿，但是趋于衰老。想到我国的江南水乡苏、锡、常等地，却是平实的、温馨的、诗意的。"小桥、流水、人家"式的乡间居民，却有着民众的、草根的、生意盎然的、世代绵长的兴旺之气。

欧洲脊梁——瑞士

瑞士是位于阿尔卑斯山高端的雪山之国。欧洲的脊梁——阿尔卑斯山的最高峰，4810米的勃朗峰就在瑞士境内。瑞士既是欧洲的中心，更是世界公园。草地和牧业是它的主体，山体的中部，有落叶阔叶林和暗针叶林，山麓地带湖光山色，繁花似锦。

我做了一次阿尔卑斯雪山与冰洞之旅。当我乘高空旋转缆车时，突降冰雹。冰雹砸在这个世界第一的高空缆车上，发出了轻柔的"琴声"。坡面的冷杉树枝上覆盖着积雪，云雾、雪岚绕树飞升，当登上海拔3000米左右的峰顶平台时，远处几座海拔4000余米的雪峰，一览无余。我又下到阿尔卑斯山体内的冰洞中，做了一次对冰洞长廊的"探访"。据说此洞长40公里，有柱、有棱、有主道、有支沟，倒也是一次奇特但并不寒冷的行走。

瑞士的风光更体现在硫森湖区，这是一个坐落在阿尔卑斯山麓下陷盆地的大湖。附近一座卡佩尔木桥，长200米，桥头一座六角形教堂，廊桥的顶上，覆盖着树皮，布满了青苔。桥顶、桥沿遍垂鲜花，诚是名副其实的"花桥"。

我还乘船游览于湖上，湖周的山坡草地上，林木丛丛，别墅座座，错落有致。别墅的主人，生活在雪山环抱、湖水澄蓝的草坡上，不但自身的生活环境优美闲适，也给游客提供了一幅雅致的山水画面。

塞纳河畔 花艺之国——法国

法国的首都巴黎之所以被誉为世界文化艺术之都，就在于巴黎的城市景观和艺术氛围。巴黎风格出众、浪漫迷人，素有"世界花都"之称。宏伟庄严的凯旋门和屹立于塞纳河畔的埃菲尔铁塔是巴黎乃至法国的标志。协和广场，香榭丽舍大道，还有古老的巴黎圣母院，收藏有举世瞩目的《蒙娜丽莎》《断臂维纳斯》《胜利女神像》"三宝"的卢浮宫以及美轮美奂的凡尔赛宫，总统府——爱丽舍宫等等，令人过目难忘。

来到巴黎，我们首先造访了塞纳河。宽广的河面上，横跨着37座桥，每一座石桥都装饰得精致而华丽。但遗憾的是，河堤都被石面化了，未见到我所向往的河岸缓斜、浅草青青的画面。

埃菲尔铁塔诚然雄伟，我站在高处，环视巴黎，道路、建筑和绿化的布局，自然而规范，极富整洁的美感。但有一处"黑点"，那就是一座210米高的黑色方柱形建筑，是56层的"蒙巴纳斯"。这座现代化建筑，与原有的古典风格的建筑群极不协调，甚为刺眼，故当局决定不再随意兴建破坏原有风格的建筑了。仅此一"点"，似乎留作反面教材。我想，这样的思路和做法，是值得借鉴的。

巴黎市区，有着众多著名的景点。我观赏着这些景点。在熙熙攘攘的人群中，我品味着、享受着、思考着，常常联想到我国的奇山异水和乡风民俗。中外各有特色，也可交融，这就是旅游的观光功效吧！

法国的艺术是观光的重点之一，而卢浮宫是藏珍蕴宝之地，使我真如入山阴道上。在最珍贵的"三宝"，尤其是在蒙娜丽莎画像前，永远是人头攒动。而我却最欣赏"胜利女神"，她身形似船，双翅若飞，总体的形态上，呈现出奋进的气势，也给观赏者提供了遐想的空间。

卢浮宫更是一个东西方文化的结晶。宫前，一座由美籍华裔设计师贝聿铭设计的玻璃金字塔，由793块大玻璃建成，仿佛是从天而降的一颗璀璨的宝石，把东方与西方、古代与现代巧妙地结合起来，起到了锦上添花的作用。东方的智慧与艺术，在这里也得到了充分展示。

美轮美奂的凡尔赛宫是不得不去的地方。凡尔赛宫，由内到外，真是处处金碧辉煌。那一座座宫廷殿堂中，四周展现的油画、雕塑和长卷，既反映了若干名垂千古的历史场景，也凸显了诸多艺术家不朽的杰作，令人目不暇接。但对我来说，更欣赏的是后宫100公顷的园林里那些艺术型的、几何图案的园林绿化布局，其中还装点着一座座雕塑。自然与人文，花草与艺术，显示出天地融合的豪爽、辽阔以及细致的柔和之美。我久久地站在窗前，向外眺望，身后的人群似乎都隐没了，而我仿佛融入森林和花木的大自然之中。

科艺先驱千秋表率 反战教育深刻铭心——波兰

波兰的首都华沙，位于维斯瓦河之滨。

华沙是一座绿化、文化之城，林荫郁闭、绿地似毯。全市有公园65

处，人均绿地面积达 78 平方米。华沙是既古老又经二战摧残、毁损率达 85%—90%，后经重建的一座英雄的城市。为了复原并发展重建，当局在教堂内、街道旁，对比性展示毁损前后的市容，广泛征集重建的方案。我们参观的广场名为"国王三世广场"，是为纪念定都华沙的国王而命名的。广场中心一座高 30 米的石柱，上有国王雕像，高 2.75 米。广场虽不大，但布局井然，建筑精细、华丽、庄严。

华沙还是一座文化之城，高等院校就有 14 所，又称为"大学城"，华沙大学就在街道上，两个门牌(26 号、28 号)内的范围。校园绿化整洁，教学开展有序。

市内处处体现着对科学先驱的尊崇。教堂前的一座雕像，是一位背负着沉重十字架的先贤，反映出思想者虔诚的信仰和为生灵请命的精神。

宁静的小"胡同"交叉处，竖立着哥白尼的雕像，雕像前的地面上展现着他的"地心图"。

居里夫人故居位于小街边，二层小楼，楼道上展现着居里夫人的实验设备与成果。楼上一座简朴的实验室，分析仪器也极为普通，想象不出令人震惊的成果竟然是出自此处！

我肃立在故居门外的丁字路上沉思：居里先生就是在这石子路上被马车撞倒的。据说当夫人得知噩耗后说："天哪，他当时在想什么呢？"我也真的惊讶，嘚嘚的马蹄声居然没有把思考中的居里先生拉回到现实中。

波兰有浓郁的音乐氛围。公园内，肖邦的侧面塑像，反映出他的精神世界。一条音乐长凳内储存着他的多首乐曲，一经点触，乐声悠扬。音乐天才肖邦英年早逝，他的心脏被庄严地放在教堂内，位于大厅左侧第二根柱子里，缠绕着的红丝带，是标志，也是纪念。我们还拜访了肖邦的故居，在葱茏的古树林中，白色的小平房里，放着他昔日弹奏的两架钢琴，仿佛余音犹在。

欧洲是音韵悠长之地，肖邦、贝多芬等音乐先圣出自民间，承接着大自然的雨露精华，创造出天地间扣人心弦的动人音韵，而且音乐是跨国界融合中外的。回味我国的《高山流水》，亦是古韵悠长。

在波兰，我们还参观了一处盐矿，这是一座位于科尔巴金山北麓的富盐矿。矿深九层，327米，长4公里，宽1.5公里。目前开至第三层，约130米。我们拾级而下，我数了有370多级台阶。途中既看盐层变化，也看盐钟乳的发育过程，更有盐晶制成的雕塑、展品和纪念品。这是把地下矿坑开辟成了的盐业生产和盐制品工艺的博物馆，供游客参观。

更令我欣赏的是，矿外的广场是一个林木森森、绿草如茵的大公园，毫无通常矿区的迹象。

我们还参观了极有教育意义的奥斯维辛集中营。在参观过程中，大家极为肃穆地、静静地观看那些残酷的、反人类的行径的罪证：运送囚徒的铁轨、林立的岗楼、阴暗的囚室。更令人切齿的是小山般的囚徒的眼镜、成袋堆砌的囚徒的头发，还有高大林立的焚烧炉。这一切都在默默地揭示控诉着这段血迹斑斑的历史，是对参观者一次刻骨铭心的反战教育，以此告诫后人要珍惜和平。

百塔之城布拉格 金鸡报时天文钟——捷克

提到捷克，就会想到金色的布拉格。布拉格是捷克的首都，位于伏尔塔瓦河流域，也被称为"百塔之城"。城中教堂比邻、塔尖错落。高

97 米的圣·尼古拉大教堂耸入云端。邻近的圣·维图斯大教堂更是尖顶群聚。宗教氛围与艺术雕塑互为映衬，整个城市都沉浸在幽幽钟声和勃勃生机之中。

查理大桥是横跨在伏尔塔瓦河上的一座长 520 米、宽 10 米的石桥，桥上共有 30 座雕像，精美而有寓意。从查理大桥端遥望对岸，宽谷盆地，橙红色的房屋，集聚于盆地和缓坡上。在夕阳的照射下，一片璀璨。我想所谓的"金色的布拉格"，大概就是指这里吧。

在市政广场上，除了教堂、商店林立外，更有捷克的标志之一——天文钟。它按时招呼着来自世界各地的人群。整点时，高层的窗户大开，12 位门徒巡视一周，金鸡报时。

说到钟鸣，有一个传闻，在古代某城被围困时，双方约定午间 12 时鸣钟攻城，过时罢战。而该城提前于 11 时就鸣钟了，对方来不及组织攻城，即视作罢战。全城人民得以免除了一次战争的涂炭。此后 11 时鸣钟，就成了该城的传统。美好的传闻，反映民众对和平的热切与智慧的处理！

我们还去了克鲁姆洛夫古镇，此镇的特点是大树林立，伏尔塔瓦河静静地流过。彩色的高塔、城堡廊桥和花街把小镇装点得温馨而灿烂。我们穿行在小街上，闲坐在河岸边，感受着小镇风情，是一处极佳的休闲之地。但听说当地要集资将高塔油饰一新，我感到这略有斑驳的古塔和当地的自然风光倒是很协调的。

我们又去了一处以人骨教堂为特点的小镇。这是一个家族的墓地教堂。后来收集了几千具人骨，教堂内所有用具都是人骨的各部分做成，但是，并无阴森恐怖之感。室外墓碑肃立，鲜花遍布，寂静而优雅，把宗教信仰和对逝者的尊重，用艺术和鲜花来表达。

美泉山色 音韵悠长——奥地利

奥地利是欧洲有名的湖光山色的音乐之国。萨尔斯堡小镇，让我们见识了惊人的湖光山色之美。清晨的卡姆古特湖，朝阳透过云层射向湖面，使周围的山体、村庄、尖塔恍若仙境。我们如痴如醉地忙着摄影、观光，久久不忍离去。

这里是莫扎特的故乡，有他母亲的住所和他的雕像。小镇上，家家窗前屋后，鲜花簇拥，藤蔓悬垂，宁静而温馨。湖面上大小帆船静静地停泊，而黑天鹅、白天鹅则悄悄地游向岸边，仿佛来向游人致意。

我们还去了贝多芬故居小镇，也在施特劳斯公园中看树观景，拜访了这些音乐先哲庄严、传神的雕像。

我们慕名"欣赏"了维也纳"金色大厅"的音乐会。由于在电视上多次看到维也纳新年音乐会华丽、壮观的场面，故我们乘兴而来。但是"金色大厅"中，既没有鲜花，也没有泛出金光。20余人的小型乐队，就打发了我们，反映出商业社会的冷漠，音乐的高雅感大打折扣，我们"败兴"而归。倒是"金色大厅"外的一幕夜景，给了我补偿式的愉悦感。举目望去，临近中秋之月，高悬在天空，映衬着一座高耸的巴洛克式的教堂尖塔，颇有一丝幽深怡人的韵味，不禁使我想到，收获有时竟在"局外"。

美泉宫是著名的绿化、美化与艺术结合的旅游胜地。它坐落在大片的绿地之中，大色块的花草图案可任人行走其间。人们可徜徉在喷泉下，更可攀上绿坡或走入常青藤廊架深处。还有著名电影《音乐之声》的野外拍摄现场，给人们无限的回忆与遐想。

更令我铭记于心的是，著名的茜茜公主的雕塑静静地坐落于美泉宫深处的一隅。那洁白的大理石雕像前，绽放着一丛红色美人蕉，映衬出她高雅的仪态和热情豁达的胸怀。四周宁静而又洁净，我采了几朵小花放在她的座位前，算是表达对这位历史人物的一种悠远的情谊、崇高的敬意，更是对这清静而高雅的环境的欣赏。

他乡中秋月 遥思故人情——匈牙利

匈牙利是常常使我联想到"蓝色多瑙河之波"的国度。匈牙利的国土分列于多瑙河两岸。所以，多瑙河上桥梁众多，坚固而华丽。最著名的有8座，其中有皇后桥（即茜茜公主桥）、皇夫桥以及链子桥。链子桥是其中最古老的、跨度最大的铁索桥，长375米。设计师为著名的桥梁大家。桥设计得非常精致，桥头还有铜狮子坐镇，设计师视其为得意之作，曾说："请大家仔细审阅，如发现设计上有错误，我就跳下多瑙河。"结果无人发现错误，不意一个小孩看出狮子嘴中无舌头，设计师当即跳入水中！

匈牙利的布达佩斯也是雕像众多的城市。广场上，有雅典娜女神及其护卫的雕像，也有反映成吉思汗骑兵远征的群像。还有一只大鸟衔着一枚戒指和一头公熊叼着一把长剑的雕像。据说鸟衔戒指是为了促成王子与公主定情；而熊叼长剑，我估计是劝主人免开杀戒的故事。

总之，雕塑是装点城市的艺术，而温馨的、儒雅的、诗意的内涵是城市精神的反映。

多瑙河之波，温柔地起伏着，清澈的河水，映照得天地澄蓝，我们巧在中秋之夜泛舟多瑙河。那种氛围中，我真似乎徜徉在诸多的诗情画意之间。我即兴感言："灯光桥影，灿烂缤纷。如梦似幻，恍若飞升。"

我又想到《浮生六记》里"风生袖底，月到波心，俗虑尘怀，爽然顿释"，这是我当时心境的写照。但不能释怀的是，思念家人、思念家庭、思念家园、思念家国。期盼"但愿人长久，千里共婵娟"，因为当时我老伴范先生还健在。时隔一年斯人已逝，已无人与我共婵娟了！想到此，我就不能原谅自己，在他的最后一个中秋团圆夜，我都未能陪伴在他身旁，与他团圆、赏月、赋诗唱和！只能独自潸然泪下，以发泄无奈、悔恨、无法弥补之悲戚、痛楚心情！

碧水"彩林" 绿树森林——俄罗斯

俄罗斯位于欧亚大陆北部，地跨欧亚两大洲，是世界上面积最大的国家。

俄罗斯之行有三点给我印象甚深：一是贝加尔湖区的辽阔与林海。这片泰加林带中的贝加尔湖，以它一望无际的湛蓝，展示了它是全球最深（纵裂 1630 米）、最大（面积达 3 万余平方公里）、最纯（湖水可见深度为 40 余米）的淡水湖。湖中小岛上有西伯利亚松、落叶松、白桦纯林，或混交，或老树单株，都很苍劲。它是使人不忍离去、愿与之共度黄昏的净地。

清晨，我走出两层木结构的小楼，远眺碧波拍岸、劲松平展，近观行道树穴中以松球果作覆盖，既"废物利用"，又起了在植物根部保湿护土的作用，于细微处见环保理念与实际措施。

在白天的行程中，看湖畔农舍遗迹，不加修饰地保留着民生原状。

更在途经一带落叶松林下、行走于数列深车辙的土路上，我有感而请求停车，动情地向同行的朋友们介绍了我对此路况的类比推

在贝加尔湖畔

测：这种状况是冻土地初融时，车辆碾压而过所呈，辙中还留存有金黄色的落叶松针叶丛。我还酸性大发，赋诗一首：

林中深辙路，天地冬雪春。

教我悟节律，落叶偎树根。

二是圣彼得堡的冬宫与夏宫。冬宫有珍宝雕画，被誉为"俄罗斯的凡尔赛宫"。而夏宫的园林又独具特色，雕塑与喷泉，有震撼之美。各式喷泉点缀的林荫绿地，引你走向波涛拍岸的波罗的海之滨。

三是莫斯科的绿。在飞机上，脑子里想到的是莫斯科郊外的森林，航行中看到的水汽朦胧之处正是莫斯科的森林。其绿地面积占40%，有11个自然森林区，89个公园，400多个小型公园，800多个街心花园，真是座森林城市。红场与克里姆林宫被森林所簇拥。克里姆林宫内的花园亦是巨树森森，古哲先贤与园林绿地和谐而宁静的组合，令人肃然沉思。而一些教堂墓地（新圣母公墓等），也都是广布树灌花草，哀思中充满生机。

至于伏尔加河两岸的缤纷林带，使我在巡游中不由得想到我国的长江航道，在诗人李白眼中的"两岸猿声啼不住，轻舟已过万重山"的历

史情景。而我面对伏尔加河两岸的林带秋色，不由得诵出"两岸林分织锦绣，天蓝水碧载舟还"，博得同行友人的共鸣、掌声与笑声。

我在域外之旅，主要是向绿而去，兼品文艺，更注重对比生态。此时正是在绿野中徜徉，怎不乐哉，快哉！

南国风情 绿意悠然——老挝

2011 年新春甫过，与"绿家园"的朋友们进行了一次"短促突击"的邻国之旅，经春城昆明，赴南国风情的老挝。

老挝与我国山水相连，植被同类。沿我国云岭山脉而下，构成老挝北部的山体。海拔 2820 米的普比亚山，被视为东南亚的珠峰。我国的澜沧江南下老挝境内，即是湄公河。我们环山沿河，领略南国风情。南国春早，绿意浓浓，稻田层层。

刚刚踏入老挝的国门，年轻的导游朋友就愉快地告知"这是一次休闲之旅"。诚如其所言，老挝古称澜沧王国，笃信佛教。在我们抵达的第一站，就感受到了这种氛围。

琅勃拉邦是老挝著名的古都和佛教中心。这里的街道袖珍而整洁，行人含笑致意，寺庙宁静庄严。其中香通寺是东南亚第一大寺，与古王宫毗连，庙内古树花坛，宫廷装饰，金碧辉煌。

尤其令我赞赏膜拜的是，佛堂的侧墙上，有由五彩琉璃、贝壳等镶嵌制作的"生命树"，把生命系统的演进过程、各式动物的亲缘进化、从猿到人的智慧发展，朴素而哲理地体现，使我惊叹先民先知先觉的大智慧！

庙内的佛像和围栏的龙雕上，多装点着"千手千眼"，好似在透视着众生和大千世界，教人向善。

附近有海拔 200 米的普西山，也是处处供奉着坐佛、立佛、卧佛。古菩提树虽然处于落叶时分，但是树下完整的心形叶，反映出长长的"滴水叶尖"。正是这一形态特征，在佛教界被喻为有"净水点化、普度世人"的佛法功能。

清晨，一些地方出现了僧侣化缘祈福，市民和游人随缘供奉及观光的交流仪式，呈现出和谐的人性光辉。傍晚，在湄公河边闲坐，静观落日。岸边榕树须根悬垂，菩提树和滴水叶尖上水滴晶莹，环境静谧而诗意悠然，引发我即兴赋诗一首：

两条平行线，各自走天涯。

交叉又曲折，大自然是家。

我们南下到万荣，这里是热带季风雨林地区。达光西大瀑布景区，古树蔽日，藤蔓悬垂，瀑布叠水，游客们在尽情的戏水休闲中享受着快乐。朋友们或游泳或跳水，而我只是"濯足万里流"地浸浸水而已，亦是一次愉悦的休闲享受了。

南松河，有"小桂林"之称，是石灰岩喀斯特地貌的初期阶段。这里旅游项目安排得丰富而休闲，既可闲坐观光两岸茅屋、茶舍，也可享受水中漂流泛舟，更有高空蹦极运动，不失为一处休闲的好去处。

老挝首都万象，是我们此行的最后一站。这里是佛塔之城。在宽阔的广场上，金碧辉煌的庙宇内，一座边长 60 米的方坛，四周塔群拥绕。中心塔高 45 米，庄严而独特，称为塔銮，的确颇有金銮殿的意味。广场对面，有一座法式的凯旋门，高亦达 45 米，反映出西洋艺术与佛教氛围的并存。这也是一处休闲观光的好地方。

非树包塔 乃根包塔——柬埔寨

柬埔寨是东南亚热带雨林、季雨林中一处佛光悠然的小国，我们既观光了著名的通王城（大吴哥）和吴哥寺（小吴哥）、女王宫等宗教文化、雕刻艺术的景点，更震撼于吴哥窟石文化与佛教文化神奇的结合，以及植物生命与建筑被毁坏后的进退渗透之展现。我们乘坐着敞篷摩托车——"突突车"，似乎是乘上了古代的马车，走走停停，既欣赏又思考，既人文又专业，自由而写意地穿行于东方佛国的寺庙和生机盎然的热带丛林之中，真有一种多重的交错感——神界与民俗、古代与现代、东方与西方、自然之力与人文精神的时空之交错。

在通王城（大吴哥）的范围内，有数十座林立的大小寺庙，其中有三

树根包塔

座给了我强烈的感受。吴哥寺（小吴哥）是寺庙古迹中规模最大、保存最完好的一座。抵达的傍晚，我们即首次造访。我的第一印象是其广域与纵深，但基本未见有树，只有稀疏的几株棕榈和灌丛，我有所失望。但仔细一看，就明了这是一处以石料为基础的建筑群，石阶、石路、石围栏划定了这个集古都、宫殿、寺庙、陵墓为一体的"石城"。石围栏的前端还高耸着雕有7个蟒头的盾形石碑，大概蟒蛇是当地的图腾吧。

寺门以向西为主，含有朝向西方极乐世界的期冀。当晚我们徜徉在西塔门外的石广场上，观落日与宽阔的护城河，穿行在塔门两侧的悠长石廊和林立的石柱间。仅此匆匆一观，对吴哥寺石建筑的规模之恢宏和建设过程的艰辛即可窥见一斑。

翌日清晨，我们即来到吴哥寺，计划看日出以及细观吴哥窟的宗教文化、雕刻艺术。这里的主殿占地面积4万平方米，三层回廊拥绕，五座莲蕾状石塔，四方躬立。中心主塔高65米。由西塔门经600米的参道而入殿，参道两侧各有一个圣水池。北侧的半池睡莲，花开正艳。而南侧是一池清水，只有池畔白马一匹，却使五塔及倒影清晰，形成"十塔胜景"的极佳之景。

在主殿范围内，殿内殿外的门、廊、檐、柱上，均精工石刻，史诗般地反映历代典故、战地场景、人文风情、佛事朝拜等柬埔寨特有的民族文化。

我们参见了巴戎寺，看到了54座莲蕾式、以水平岩层石砌的山体，拥立成群，其中心岩峰高40多米，统视群峰。每座石峰上，四面均雕有高4米的佛面，反映着佛心的慈、悲、喜、舍。寺内有令人惊叹的1200米长的浅浮雕，刻画了11000余个人物。第一层台阶墙壁上精致地雕刻、栩栩如生地描绘了12世纪柬埔寨人民的生活场景。当我们攀着陡窄的步梯，登上最高层平台时，216 尊四面佛的巨脸，那舒眉、慈目、微笑、沉思的面容，传递的不仅是神奇的"高棉的微笑"，更使我感到佛心的彻、悟、净、明和悲天悯人的博大胸怀。在夕阳的柔光映照下，似乎笼罩着一层薄薄的金辉。此情此景，真正震撼了我的心灵，更有感于当时的建造者们虔诚的信仰乃至不顾生命安全的奉献之情。

我们还参见了著名的"女王宫"，此命名就很有趣，因为并非女王之宫，而是国王赠给国师(男士)的家庙。女王宫范围不大，建筑袖珍，雕艺精致，似有女性之美(因女王宫的建筑艺术堪称极致，也有传其出自女艺术家之手而命名)，故传称为"女王宫"。

更匠心独具的是，三座坐东朝西的塔形神祠，建材用的是紫色砂岩。园地土路还铺以红壤，这样就形成了早迎朝阳、晚沐夕阳的金光熠熠的神奇景观。我在参观中更看到一株高近 1 米的古树桩，已经石化(即硅化木)，是珍贵的历史见证。园地的另一侧更留存有一株大树的半侧树皮，高约 3 米，顶端却萌生出多株幼条，预示着茁生前景。

联想到先哲所说："比人更长久的是建筑，比建筑更长久的是自然。"我此行"朝圣之旅"的重中之重就是朝自然之圣，瞻仰植物的生命力——"树包塔"奇观。这类奇观突出反映在塔布隆寺、圣剑寺和崩密列的遗址中。这三座寺庙原建于热带雨林中，树木、动物保护较好。而当建筑成为废墟、古迹后，树木依然自然地生长扩展，不但占据了主体，而且成了主宰。我们在踏查式的观察中，就感到了树木与建筑遗址的交织及影响，是多类型、多形式、不同阶段的作用，反映出植物生命力之强、之坚、之韧。

"树包塔"准确来说应是"根包塔"。仔细看来，在类型上，有气生根的包被、绞杀，有板状根的挤压、崩裂，还有蔓生性植物的附着、缠绕。其不但"包塔"，还见缝插"针"(根)、见物钻缝，铺天盖地地对门、窗、廊、壁、裸石等"包被"，以致穿透，让貌似柔弱的根端扎入土壤，吸收营养，以求生长扩展。

通过这次朝圣之旅，我也深切地感受到当地人长期对自然的崇敬和保护，使物种生命力和演替趋势得以自然地、充分地展示，如任由侧根延伸、细"帘"飘摇、"绞杀"进行，而不去人为干预；更对连根树一枯一荣均予留存，藤树同穴而生，树皮、倒木任其萌枝、附草等现象。这让我在对恢宏的景观震撼的同时，更为生命的细节感到柔情婉约，尤其对保护自然的善心由衷地感戴，从而更感悟到信仰、精神之光恒定地与时空同在。这与信仰何"家"、附于何"道"没有必然联系，道家之"规"与天地同在，儒家之"仁"与文明同在，而自然生命力之"韧"与生灵同在。

告别之前，我们还受到了一次颇有乡情品味的"接待"，在一家以竹器为主的小食店吃午餐。进入丛生竹掩映的店门，厅内竹椅、竹桌，连竹棚挂下的日光灯管都以竹筒为罩，一片绿竹清幽。而室外吊兰、棕榈、水池睡莲，颇有雅趣。我们独享了这家竹舍小店的乡风古韵，留下了温馨而宁静的回忆。

独特的地球大裂谷 灵动的生物大迁徙——肯尼亚

2011 年，随"绿家园"的朋友们一道，我进行了一次探访东非野性之旅。在我的思绪中，此行重点有三：一是从西藏藏羚羊的迁徙和候鸟的迁徙，进而急切地想参观东非大草原上有蹄类动物大迁徙的壮观场景；二是对闻名已久的赤道地区的最高峰——乞力马扎罗山的向往；三是想拜见被称为"地球美丽的伤疤"的东非大裂谷。

我们首站到达的是大裂谷缓坡地的纳库鲁湖区。纳库鲁湖是一个咸水湖，湖中盛产蓝藻，是火烈鸟的食源。因而几十万只火烈鸟群聚于此，或静卧于湖面，或翱翔于低空，形成了遮天蔽日的粉红色"云彩"，辉映得我们也如痴如醉般面色红润。

纳库鲁湖区还生息着450多种鸟类，其中鹈鹕多而密集。鹈鹕特有的长喙和悬垂的皮囊不停地运动着，同时变换着群体的队列，形成了一道吸引人眼球的独特风景。

湖区植物组分丰富而独特。旋钮相思树成林成片，林中可见长颈鹿出没，大树下还有闲卧的雄狮，白犀牛家族和黑犀牛个体活动于林缘草地，树上还有猕猴在攀腾跳跃。

纳库鲁湖岸边有一带峭壁，也就是东非大裂谷边缘的一处断块，名为"猴子岩"。在此居高临下，观湖景辽阔，绿草如茵，木屋星散，似一处世外桃源。近旁，成群的长颈鹿在悠闲地游走，朋友们还与它们做了近距离的接触。

沿途走去，东非的特异地段景观一一展示在我们眼前。这里的大裂谷地貌形态纷呈，火山的类型分列各异，地表水系源流分支，湖间的水质咸淡分明，更有季节性雨季（11—12月，4—5月）与干季的明显交替，左右着这广阔大地上物种群落的分布和动物的生存、迁徙。

适应干热类型的豆科旋钮相思树、金合欢和大戟、仙人掌等旱性、多汁物种形成了稀树草原景观。特异而苍劲辽阔的草地，季节性枯荣，呈现出生机与坚韧，提供了动物食物链的流动性"粮仓"，上演着生物大迁徙的大戏。

在大裂谷宽阔的河谷边缘，突出地反映了一段"地狱之门"景观，是大裂谷留存的塔形、独峰和断崖，构成了"地狱"的大门。三座独峰

纵览大迁徙

是坚硬的熔岩核心，未被剥蚀，雄、险、高耸。沿断层的侧面沟谷向下，进入"地狱"，最窄处仅有两三米宽，呈"一线天"之状。

附近更有袭夺地貌，反映了远古时代地层断裂，火山喷发，继而洪水或冰川冲击的过程。"地狱"之途，山石陡峭阴湿，道路诚然难行。上下几百米就算是下过一次"地狱"，又返回人间了。

对我来说，看到如此典型而奇妙的地史变迁遗迹，感到学习了、印证了教科书中的内容。思绪上的向往，有一种冥冥之中接受了天地之教化的激动和感恩之情。

此后还跨越了真正的赤道，当地用水桶和漂浮的小柴棍，让游客观察在北半球和南半球不同的"指针效应"。在北半球，指针顺时针而动，南半球则逆向而行。

在马赛马拉大草原上，我们坐在专供游览的半封闭的巴士中，观看着生物界悲欢、存亡的正剧。狮子集群式的包抄，将捕猎到的牛羚，先供幼狮享用，母狮还在一旁守望、护卫。而我们这些为"观战"而来的二三十辆巴士车群，围绕四周。车上的人群中，有的静静地拍摄，有的激动得大呼小叫。

我想这种生死、血腥的捕食过程，实际上是动物的生存规律——生物链的反映，按理人类是不该惊扰它们、围观它们的家庭盛宴的。

十余只至数十只组成的大小象群，头象威武，幼象恋母，还边走边吃奶，家族之浓情，或胜过人类。

而大草原上的主角——牛羚和斑马，各显其能地配合。牛羚善于识别湿润的草原之风，决定迁徙的方向。斑马能够记忆熟悉的迁徙之途，常作线路的先锋。所以，草原上斑马和牛羚常常结伴而行，声势浩大。牛羚也被称为角马，实际上，"角马非马"，"牛羚非牛"，而是"羚"——黑尾白须，羊的一种。

从食性上讲，斑马与牛羚大规模集结与迁徙，护幼护伴，逐水草而行，途中越马拉河时，大群的鳄鱼静待与争食，陆上狮群等生物"围追堵截"，食物链的关系在自然界中规律地、严酷地运行。

为了更宏观细致地观察大迁徙前的集结过程，我们乘热气球从空中俯瞰。这里又出现了一次在亚马孙观水中森林、乘小飞机前的插曲。朋友们为确保安全，劝我不要乘热气球。但我认为低空遥观，热气球是最佳的工具之一，而且还举出我的科学知己——黄宗英也曾乘热气球"望长城"，她当时也是七十有余的耄耋老人了。通过我有理有据的坚决"申请"，终于和朋友们一道赴约热气球。

清晨，在参星和上弦月的映照下，我们爬上热气球下的篮筐，迎着朝阳，缓缓地在半空中巡飞。草原辽阔，马拉河水系网状流淌，牛羚既遍布草地，又呈队列地绕一株旋钮相思树奔跑。我们在热气球上，尽情地饱览与拍摄这些罕见的场景。我更站到座椅上，力争捕捉好镜头，当时心情之舒畅与豪迈，真是无以复加。

当热气球落地时，还有一个小插曲：原来两格的篮筐，落地时侧翻，变成了"两层楼"。因为出乎意料，"楼上、楼下"的朋友，跌成一团，大家都哈哈大笑，愉快地结束了这一次具有探险意味的热气球飞升、低空观赏草原上动物大迁徙的集结过程。

我们还去了肯尼亚南方滨海古城蒙巴沙，这是珊瑚礁构成的古堡港口。昔日繁华的景象尚存，四只大象牙（模型）构成了往返主干道的"拱门"，把草原与滨海这两个地史类型联结起来。更有古炮台、古教堂和出售特色工艺品的商店、高档的餐厅、宾馆，将历史与现代联结而共呈。我们在面海的凉亭长廊中享受了海鲜大餐，又恰逢汪永晨"同学"的生日，餐厅还送了蛋糕。大家边用餐，边面向海湾观景。我脑海中在翻腾着乘坐半封闭越野车行进在原生态土路上和低空巡视的热气球上观看到的一幕幕，思考着那些生物的生活习惯和食物链之间的关系，觉得这些都是给我提供了又一个观、学、悟的课堂。我也应该将这些所思所悟与朋友们共享，于是进行了野外即席交流。

继肯尼亚之旅后，我们朝向赤道附近的非洲第一高峰乞力马扎罗山而行。此行的目的有二：一是朝觐"非洲屋脊"，二是观非洲大裂谷的"大盆"——恩戈罗恩戈罗火山盆地。

地球宝盆 生物摇篮——坦桑尼亚

　　我们去了恩戈罗恩戈罗火山口国家公园。这里又是一处大自然的奇观，世界最大的、休眠的、完整的、呈浅盆式的火山口。火山底部海拔1800米，其深度610米，面积为260平方公里。火山爆发距今已有二三百万年，当时喷射火焰高达五六千米。在几百平方公里的"盆口"下面，不仅有湖，还有各种壮观的非洲动物群，有非洲"五霸"，有若干水上动物，还有马赛原始部落，那风景线堪称无与伦比，1979年已经列入世界自然遗产。

　　我想它也是世界上最大的一只"盆"了。"盆沿"的高度约有500米，"盆底"有起伏的小火山和泥火山，有水系湖沼，有岛状丛林，还有小丛气生根密集悬垂的榕树和貌似枯枝的粗壮的面包树等奇树异木。在如此变化多端的地域内，数百万只有蹄类动物和各种鸟类栖息其中。"盆沿"中部的沟谷中，还生长有茂密、湿润的温性雨林。这个全球最大的"盆"内，生态类型如此丰富而独特，生物种群灵动而兴旺。

　　我们在"盆沿"上一座设施完善的宾馆中，既能观日出、日落的奇幻之景，又有面对温性雨林藤蔓花果的学习之机，真是人生之幸事。

　　我们也去探访了居住在"盆沿"上的马拉人，他们的生活方式既简朴又原生，是人类祖先生活的写照。几户人家群聚一处，刺状灌木作防护围栏。小小的圆顶泥屋，低矮的门，门内笔直的通道，侧面有几间住房。原来这是他们为防狮、豹、老虎袭击的措施。刺栏是第一道防线，矮门是第二道防线，通道是第三道防线。即使狮子进屋，冲进通道，也难以伤害侧屋内的人，反而会被人所捕捉，此乃原始的妙招。

非洲"屋脊" 冰火交融

乞力马扎罗山是非洲最高的山脉，是坦桑尼亚和肯尼亚的分水岭，同时也是火山和雪山。山的主体沿东西向延伸，近80公里，主要由基博、马温西和希拉三个死火山构成，面积756平方公里，其中央火山锥呼鲁峰，海拔5895米，是非洲的最高点，被誉为"非洲屋脊"。山的主体以典型的火山曲线向平原倾斜，平原高度海拔900米。山顶终年布满冰雪，但当前冰川消融现象严重。

山的四周都是山林，生活着众多哺乳动物，其中一些还是濒危物种。乞力马扎罗山地区已经于1968年被定为国家公园，生长着热、温、寒三带野生植物，栖息着热、温、寒三带野生动物。联合国教育、科学及文化组织已于1981年将其列入《世界文化与自然遗产保护名录》。

当我们朝向乞力马扎罗山而去，由辽阔的草原远眺天际的山影，进而到达山麓的莫西镇时，就迫不及待地在露台上遥望，担忧地议论着雪线的退缩，急切地计划着去考察。

我们的大部队由山麓起步，经气生根繁茂的榕树等热带常绿季风雨林，进入古藤老树的密林中，充分享受了非洲山地垂直带的自然景观和奇花异草。

在乞力马扎罗山上，大家住在尖顶的小木屋中，设施简洁。但在山区中有如此住宿环境，对于往返野外的人而言，也可以满足了。

我们不虚此次东非之行，拍摄了若干山地垂直带上的典型植被和独特景观。尤其使我惊喜的是：山体2000—3000米处，林内附生藤蔓与苔藓等茂密异常，俨然是在温湿生境下，生存的乔、灌、草、蕨组成的温性雨林。我为生物界无论地域，只看生境，同型同宗的适应性与生命力而感佩!

我认为更不虚此行的是：原本在潜意识里想做一次与西藏高原动物迁徙规律对比的观摩，结果让我看到了非洲动物大迁徙场景的恢宏和特异。我对此印象极为深刻，获得了极大的启示，由此产生了对动物大迁徙四大类型的概括思路：

第一，生存迁徙——动物为其生存觅食，逐水草而行的长途跋涉，如我们此次所见。

第二，繁殖迁徙，如我国高原的藏羚羊，生育前迁徙至无人区深处，为幼小生命出生后既能吃到大雁迁徙经过时的排泄物，它们准确地与大雁迁徙经过时间同步，而往往集中在一两天内生育，同时也给大雁以胎盘这高营养的食物。又如鲑鱼之溯水产卵，或产卵后死亡，生态的、生物界的迁徙过程中的互补规律得以充分体现。非洲大草原上的牛羚与斑马同行的大迁徙亦是如此。

第三，避灾迁徙，如发大水之前蚂蚁上树、老鼠出洞、动物攀向高处，抑或火山喷发、地震前一些生物的避灾迁徙。而人类避灾的敏感度则不如它们，大概是退化了吧。

第四，扩展迁徙，这主要反映在生物为扩展地域、掠夺资源而进行的大"迁徙"。

这些都是我观了、学了、思考了，才收获了的知识，真是活到老，学到老，学海无涯，永无止境。

东非之行使我这个耄耋之年的学子，激情澎湃。我曾说：我爱东非的天空，沉静而绚丽；我爱东非的大地，辽阔而多姿；我爱东非的动物，自由而灵动；我爱东非的植物，坚韧而茁生；我爱东非的人群，简朴而纯真。

北美大地 宽阔富饶

　　我曾对北美东西南北的主要线路、典型绿点做过数次"半专业"性的观光考察。太平洋与大西洋之间这块抬升起来的大陆，其西北角隔加拿大而拥有近至北极的阿拉斯加；西海岸有科迪勒拉山系纵贯直至南美；西海岸濒临太平洋，直至呈串珠状的夏威夷群岛。在这个范畴内，地史上变幻呈现出的类型多姿多彩，让探访观光者惊叹。

　　2013年初夏，我对北美大地专程补点观光。由亚洲穿越窄窄的白令海峡，抵达阿拉斯加，首先观察到苏西特纳峡谷中的沼泽湿地的寒温性针阔混交林，主要有窄冠云杉，间有桤木、赤桦。后又进在科迪勒拉山系北端的迪纳利山林沿线的中高山地段及哈丁山地冰原。此后下至滨海，还游弋了26个峡湾航线上的各式冰川形态和小岛林地。见阿拉斯加居民生活甚为平静，有的家庭还拥有小型直升机，用于本土往返及参与救灾等。这使我一改对其"冰原一片"的印象。

滨海拥湖 林荫山影——加拿大

　　加拿大位于北美洲的北部。我在观光旅途中，惊异于其温润的景观之多姿多彩。加拿大西海岸的维多利亚市的布查特公园中，巨大的温性针叶树和各式花草使人仿佛置身在中纬度湿润地带的花园中。花丛中蜂鸟振翅而飞，国会大厦前两株酷似大象的柏树发挥着生物形态门卫的作用，大厦楼层间通体附生的常春藤使整座大厦充满了自然而和谐的气氛。

　　加拿大西部的落基山脉，沿途沟谷中，冰川晶莹于上段，中段两坡暗针叶林和针阔混交林密布，谷底则散布串串冰川湖，真使人洗尘脱俗。更有王子岛及红石谷等名胜之地，让人思古。

　　途中也造访了阿塔巴斯卡大冰原，见识了落基山脉中壮观的冰雪气概。而更有趣的是还参观了一处世界文化遗址，恐龙化石出厂展览馆，见到了历史长河中生物进化的一段特例，而与馆外周遭苍茫的砂岩裸地、蘑菇"结核"相交，又是一处自然界独特的景观。加拿大之行，虽然时短且仅线点式一瞥，但其生态类型之多样、林水绿波之丰姿，真是令我收获匪浅，深铭于心！

多姿的湖泊

沃野岛链 绮丽多姿——美国

北美西侧的落基山脉下，约瑟米蒂国家公园是全球创建最早的保护性国家公园之一。冰川活动给这里带来了美丽奇诡的地形地貌，溪流、森林、瀑布共同构成了一幅壮美的山地画卷。河流冰川切割的峡谷深沟使瀑布悬垂 739 米，气势恢宏，震撼人心，这是世界第五大瀑布。谷中有以美国红杉为主的巨木林，红杉约 500 株，树龄在 2000—3000 年，胸径 2—3 米，树高 50—60 米的比比皆是。

这片巨木林被誉为"世界爷"。我远眺如练的飞瀑，久久地行走在巨木林中，为这"世界爷"级的珍宝而祝祷。同时，联想到我国青藏高原上的雅鲁藏布柏木，从树龄和树状而言，也属于"世界爷"级；此外，还有我国台湾的阿里山红桧，以及澳大利亚的杏仁桉树等，可见"世界爷"级的树木在地球家园中绝非仅有，只要环境适宜，未受干扰，树木生命绵长，生长得参天高大，都能让人叹为观止。

对于黄石公园的地热奇景、森林景观，我向往已久。尤其在 1988 年黄石公园大火后，我对树木的更新前景更想实地探查。此次造访已是大火后的 15 年。我对黄石公园谷地地热温泉类型、风貌，尽量收入眼底、留于心中，也对峡谷中的五彩岩层剖面和百米以上的黄石瀑布甚为景仰。

从林业专业角度，我更专注于公园遭大火之后的森林更新状况。神奇的是，这里普遍分布着一种扭叶松，其生命力和更新方式独特而坚韧。其树皮虽然较薄而脆，更遭火灾而亡，但其松果分泌蜡质包被的种子，生命力能维持 3—9 年，火灾之后球果崩裂，弹出的种子在火烧迹地的灰烬中萌生更新，幼苗茁壮。这种自然界的适应性与生命力何其无与伦比啊，我为黄石公园的森林前景欣慰！

美国西部还有一处奇特的拱门国家公园，在中西部科罗拉多高原。海拔1200—1700米的干荒区域，有1700多个红黄色自然石拱。据研究，科罗拉多高原脱海成陆时，砂岩下的岩层位移，带动上层岩石崩裂、坍塌，从而构成了形态、跨度各异的拱门，成就了特异的荒漠岩石景观。地表难见疏草，而耐盐植物柽柳成枯树状突兀。我不禁想到我国新疆的胡杨"千年不死，千年不倒，千年不朽"的情景，都是在极端环境中生命力与耐受性甚强的表现。

美国中西部著名的科罗拉多大峡谷是科罗拉多河的杰作。这条河发源于科罗拉多州的落基山脉，经犹他州、亚利桑那州，由加利福尼亚州的加利福尼亚湾入海，全长2333千米。科罗拉多大峡谷位于亚利桑那州西北部，原为平坦的海底，造山运动使之隆起成为高原。科罗拉多高原中心部位遭受深切割，形成了深700余米的V形谷，峡谷谷底最窄处约宽120米。科罗拉多河侵蚀的流程，展示了色泽变幻的多彩岩层。联想到我国的雅鲁藏布江大峡弯，皆规模壮观，地貌奇特，且绿满峡湾，亦是一处举世惊叹的自然奇观。

此处有人为建造的拉斯维加斯赌城，其周围的干荒地带有霸王鞭、仙人掌类疏生群落景观。高大肥硕、枝刺密布的绿秆，在烈日下幻化照影，也反映了严酷生境的又一类适应性，是赴拉斯

在黄石公园

维加斯途中值得观光的一景。

美国东部，基本属平畴沃野。东北角与加拿大共享着尼亚加拉大瀑布，壮观的断层面上，水流汇集，直泻而下，浪花飞溅，自成水系。但规模与加拿大一侧的马蹄形大瀑布相比则是小巫见大巫了。

至于人文方面，美国的东北部是文化、政治汇集之地。波士顿的两所高等学府举世闻名。我曾去哈佛大学参观并拜访前辈胡秀英老师。蒙她热情引领，我行走在"最年轻"的草坪上（刚铺上），参观了洁净而逼真的玻璃花植物标本。

我们还去了哈佛大学的植物园，胡老师还郑重地让我看了数十年前从祖国引种过去的金钱松。胡老师爱自然、爱祖国之情溢于言表。

由于我女儿家住在美国的东南，我也属意于美洲亚热带、热带景观。我沿密西西比河而行，过湿地、历浅滩、钻桥洞，遥观出海口。佛罗里达是美国最东南的半岛，我曾两次造访。第一次巧遇肯尼迪发射中心发射火箭。我们一家四口，在车上坐等天明，看到了火箭发射的壮观场面。第二次是穿过一座座绿色的"环岛"，直抵佛突角。这一系列"环岛"，热带的植被景观与人文风情，自然而浓郁。

夏威夷岛是北太平洋夏威夷群岛中最大的一个岛，呈马鞍形，多火山。南面有冒纳罗亚火山，海拔4176米；北面有冒纳开亚火山，海拔4207米。冒纳罗亚火山口直径218米，常有熔岩喷出，是世界著名的活火山之一。不断爆发的活火山仍在为夏威夷大岛增添新的土地。

夏威夷群岛的地质年代最年轻，由五座火山组成。其中基拉韦厄火山是世界最大的活火山。夏威夷岛的面积是其他夏威夷群岛岛屿面积之和的两倍，地貌复杂，有顶部积雪的冒纳开亚火山、云雾中的高原、临海峭壁、热带海滨、熔岩荒漠等各类特异景观，使我既沉醉于热带海岛的风光植被，又被其特殊的生态所吸引。

我曾行走在火山喷发的地段，表层黑色的麻花状的地层水凝固，但余温犹在，地层中火红的岩浆表层尚在微波起伏。我也到了名为"大风口"的迎风面，狂风不断袭来，吹得面部肌肤和眉毛都被拉向后方，当然"怒发冲冠"更不言而喻了！我还常在独木成林的树荫下伫立，抒发远古的幽思。

在夏威夷群岛，我既参观了珍珠港纪念馆，也拜访了孙中山举义旗之地。在这里，随处可见热带水果香蕉、椰子、菠萝等成片、成畦。树冠如伞、花红似火的凤凰木，路边榕树的气生根或悬垂或扩展，成帘、成丛、更成林，呈现出绮丽的热带风光。

独岛独石 静伫南隅——澳大利亚

2015 年春，我对独立于南半球的澳大利亚进行了探访。在友人的精心策划下，我们通过两条线路，分别抵达著名的悉尼港。一条线路是由市区经"座椅公园"，最后到达悉尼歌剧院。沿途我们观赏了乡土的和引进的多种热带植物，如有须根如帘似柱、集群的榕树，有树干呈巨瓶状的猴面包树，以及各式仙人掌和侧向伞形的"半枝莲"等。

另一条线路是乘坐游艇，驶向世界第一孔拱桥（跨度 502.9 米），登岸观光。迎接我们的是对人友善的海鸥，它们在人们的头上、肩膀上、手臂上起落鸣唱。人们多专注于远观近眺悉尼歌剧院，而我却对歌剧院对面墙上蜿蜒匍匐的榕树气生根的恣意生长较为关注和欣赏。在这里，游人、海鸟、林木、"游"根，各自惬意地生长，令我愉悦。

蓝山公园是近郊的一处特色景观。长桌状山脉反映出古火山喷发的地史，连绵 25 万公顷的桉树林散发出芳香酯，的确有朦胧的蓝雾之感。山坡上还有三座水平砂岩的"石柱"，被称为"三姐妹峰"。这一处天然的地质与植被景观引得游人如织，而我们更向

澳大利亚塔斯马尼亚岛科学家木屋前

山沟的蕨类茂密的灌草丛林内走去。

澳大利亚中部的内陆沙漠荒原中，有一处世界最大的独立岩体，名为"艾尔斯岩石"，土著爱称其为"乌鲁鲁巨石"。岩体的三分之一露出地面，高 384 米，周长 9000 米。苍黄色巨型"石蛋"，在晨光和夕阳的照耀下，或金光闪闪，或紫霞如蔚。区域性的植被是旱性疏生的桉树及蔷薇科、豆科的多刺灌木、针茅草等。

至于滨海的沟谷地段，孕育了丰富多姿的珍稀植物。我曾在空中缆车上观凯恩斯沟谷雨林的浓绿、多层、巨树、奇叶、藤蔓等不同植被组分，见识了"世界最古老"的雨林丰姿。

墨尔本的皇家植物园，也是我们林业人的向往之地。途中我专程拜访了其中的裸子植物区，众多的温性松、杉、桧等针叶树木粗壮挺拔。胸径 2—3 米的尖塔形立木，横展荫蔽。虽然只是匆匆一瞥，但印象深刻。

我们最后一站是越巴斯海峡的塔斯马尼亚小岛。原以为只是造访澳大利亚最南面的一处独立于大洋洲的小岛，参观著名的"摇篮"景观。当我们走向湖区深处时，却看到一处沟谷阴润，针阔叶大树耸立，树干及地面苔藓遍布的温性雨林景观，这使我大为惊奇。联想到我国西藏东

南波密岗乡海拔2700米沟谷地以林芝云杉为主的温性雨林，以及东非恩格鲁巨盆之缘的阴坡、海拔1000米左右的温性雨林，我深深地感怀全球之大，"地域异"而"生境同"，则可呈现同类型的植被景观，这是大自然规律性的反映，是自然珍宝的万千之一。

在这里，我还看到一处林中小木屋，其中展览了几位欧洲"拓荒型"科研人员（其中更有一位女士）长期工作、生活的遗迹。对科研工作者走向天涯从事专业，远离繁华，归于自然的心境颇有同感。我联想到40余年的西藏"小木屋之梦"的历程，真是感慨万千，既有共鸣的温暖，也有历史的沧桑。

再访近邻——日本

2015年，我又对富士山的绿化和文化景观进行了补点探访。此次对富士山进行了远眺、近观、环山绕行。细观海滨孤山、脱海成陆的火山地貌，诚然壮观。而沿途起伏的丘陵谷地、郁郁葱葱的林分，依旧维持着林木"储存库"和景观调色板的作用。

富士山称得上是一座天然植物园，山上的各种植物多达2000种。垂直分布十分明显：海拔500米以下是亚热带常绿林，500—2000米为温带落叶阔叶林，2000—2600米则是寒温带针叶林，2600米以上就是高山矮曲林带。山顶上有大小不同的两个火山口，终年积雪。富士山的植被分布主要反映了温度随高度的梯度变化。在高于海拔1500米的地区，没有茂密的植被，被认为是火山沙漠，而低海拔地区主要是"原始"森林，某些地段尚可看到过去火山活动对植被的影响。

富士山是一座活火山，火山喷发流出的熔岩，常与两种类型的微地貌联系在一起：熔岩管道、隧道和熔岩树。已经发现的熔岩隧道就达数十条。熔岩树是熔岩流经森林时形成的，站立或倒下的树木被火山熔岩吞噬，燃烧后消失，留下的空隙形状很像小井和小洞穴。据说富士山周围是世界上熔岩树分布数量最多的地区。

　　在富士山上，看到成群的冷杉枯立木站杆，这是他们将"灾害"遗迹留作警示教育的题材。此后，还看到被泥石流过境冲得七零八落、树干扭曲匍匐的林分，保持原状，用绳带框定范围，供研究与观光。还在附近配置了成带的木板块，让野外旅游观光的人自带帐篷，在原生环境中自由小住。

　　有一处鬼押石公园，乱石林立，奇状异形，是火山地震后的景观，被整理成观赏、教育的景点。观者众多，中小学生占较大的比重，教师带领着边看边讲，这种灾害性教育，对提高国民认识自然、防灾护卫是有作用的。

　　富士山山体高耸入云，山巅白雪皑皑，似一把悬空倒挂的扇子，因此也有"玉扇"之称。有"日本李杜"之称的石川丈山曾写有汉诗，来描写他心中这座蕴含着自然魅力、优美庄严的神山："仙客来游云外颠，神龙栖老洞中渊。雪如纨素烟如柄，白扇倒悬东海天。"

　　此次另一个观光重点是若干座园林与寺庙结合的景观，尤其是夜观奈良东大寺，以及京都的金阁寺等。庙宇结构传承古唐遗风，庙堂立柱端正伟岸，把我的思绪引向了古今中外。

　　庙宇周围的古木花卉，有岛链地域的特有种——日本樱花，正值花期如云；也有从我国引进的银杏等珍稀树种，华盖擎天。

　　他们对岛内的绿化和林木保护更是注重，我们看到用铁丝网护卫的荒草坡，也看到一片片密度很大的扁柏树林分。我奇怪于为何不进行间伐，日本朋友回答是人力紧张且费用较高，更要保护其自然生长。

最后更令我有"余音绕梁"之感的是白川乡合掌村的茅屋群，厚厚的草屋顶成了禾草小花的圃地温床。这是山谷中一处自然而宁静之地。此时的我，更加怀念高原的"小木屋"和我心中圣殿似的一处处人类平和安宁的"小屋"。

警示与领悟终生的"行、观、学、思、教、探、保"

回顾我绿色的、生态的学、教、研的一生，自我奉行的七字箴言是"行、观、学、思、教、探、保"。行，可算广矣。行中观、探、学，虔诚地向大自然求教。而自然之惠教于我，真是展开天书，示以地史，反映出万物生灵的变化、消长之相关规律及内涵哲理。通过自我不断的学习、凝练，方可以学而后教，以行共探、共保之道。

附录

一、教材编写（及参加编写）

自 1955 年教学、1978 年援藏至今，编写（及参与）有关森林学、森林经营学和高原生态学等的教材、参考资料、实习指导书等 10 余篇（册）。

二、撰写出版论著（14 册）

1.《森林生态系统与人类》（1982 年）

2.《中国西藏山川植被》（1993 年）

3.《西藏高原森林生态研究》（1995 年）

4.《西藏高原森林生态景观》（1997 年）

5.《西藏野生花卉》（1999 年）

6.《灵山野花》（1999 年）

7.《可持续发展教育读本——保护生态》（2001 年）

8.《西藏 50 年·生态卷》（2001 年）

9.《21 世纪家园——是荒漠还是绿洲》（2002 年）

10.《走进高原深处》（2005 年）

11.《林海梦回》（2007 年）

12.《高原梦未央》（2013 年）

13.《绿野行踪——林海高原六十载》（2019 年）

14.《晓风·明月·亲情——徐凤翔回忆录》（2022 年）

三、主要科研论文

经过70年的学、教、研、思和定位考察分析，撰写了多篇论文。主要论文如下：

1. 《西藏波密林区高蓄积量云杉林的结构与生长、生物量研究》

2. 《西藏墨脱珍稀濒危植物资源与保护研究》

3. 《西藏墨脱珍稀植物的资源与分布》

4. 《西藏墨脱山地垂直带主要森林类型及其结构的研究》

5. 《西藏墨脱主要森林类型的垂直分布》

6. 《西藏高山松的资源及松脂含量、成分与利用研究的综合报告》

7. 《西藏林芝地区高山松的生长、产脂与生境关系的研究》

8. 《尼洋河流域高山松中幼林生长与生物量结构研究》

9. 《西藏高山松针叶的成分分析》（与范自强共同署名）

10. 《西藏色季拉山森林植被类型、生态环境及经营措施研究的综合报告》

11. 《西藏色季拉林区环境、资源及其质量与利用评价》

12. 《西藏色季拉山东西坡不同海拔带森林类型的结构与生境研究》

13. 《西藏鲁朗林区不同生态条件暗针叶林结构的研究》

14. 《生态环境的龛位与时序变化对立木生长的影响》

15. 《西藏古树及其生境的初步研究》

16. 《西藏的沙棘生物——生态学特性及效益初探》

17. 《西藏的沙棘果实成分含量动态变化研究》（与范自强共同署名）

18. 《西藏几种野生浆（核）果的成分分析》（与范自强共同署名）

19. 《林芝八一地区几种水源水质的分析》（与范自强、曾祥琦共同署名）

20. 《"绿色王国绿几许？"》

21. 《京西山地生态屏障功能的保护与恢复》

22. 《高原生态功能评价与可持续发展》

23. 《中国高原荒漠化的趋势与遏制之探讨》

24. 《遵循自然，适度开发——论西部生态脆弱的开发与保护》

25. 《从西藏森林资源展望西藏林业及林业教育事业的发展》

26. 《雅鲁藏布江中下游不同生境与高山松生长关系初步研究》

27. 《高山松和引种物的年生长节律的研究》

28. 《西藏亚高山暗针叶林的分布与生长》

29. 《西藏亚高山暗针叶林结构的研究》

30. 《西藏森林的特点、规律及其生态成因初析》

31. 《浅谈"生态平衡"与生态协调》

32. 《西藏沙棘的生态——生物学特性及效益初探》

33. 《壮丽的西藏大森林》

34.《小树苗的梦》

35.《边远山区建设生态林业、促进良性循环的探讨》

36.《绿化与城市建筑生态系统优化的关系》

37.《生态学知识讲座》

38.《合理利用各种资源，保护森林，促进自然生态系统的良性循环》

39.《论教学、科研、生产联合体与教育体制优化的关系》

40.《西藏大农业的状况及生态农业建设之展望》

41.《西藏高原生态特异性及其研究与应用价值之探讨》

42.《从生态系统的角度论西藏旅游资源的分类与开发》

43.《西藏林业开发及其经济发展途径》

44.《应珍视与珍惜西藏森林资源》

45.《从生态经济学的观点，论西藏经济发展的战略与实施》

46.《从西藏科技人才的流向，看发展科学、改善科技管理体制的必要性》

47.《高原景观生态的多系统兼容性分析》

48.《藏东南古树异木及其生境初析》

49.《植被灾后修复重建与物种功能的利用》

50.《情报信息网络的全球化是社会与经济发展的必要》

51.《全球生态与高原生态》

96.1.20

52.《论生态经济与永续作业效益的一致性》

53.《"大拐弯"浓聚忘年情》

54.《灵山脚下栽巨柏》

55.《把小木屋留给新世纪》

56.《灵山十载耕耘，生态环保奇葩》

57.《论西藏生态环境的特点及其合理开发》

58.《西藏生态科学考察纪行》

59.《川藏公路——一条惊心动魄的路》

60.《重视与慎待京西的生态屏障》

61.《对荒漠化的认知与对策之探析》

62.《中国科学探险50周年》

63.《台岛生态之旅》

64.《新疆：荒原与绿野的叹息》

65.《冰雪高原上的杜鹃花》

66.《遵循"重保重灌重乡土"，保护京西生态屏障》

67.《碧波青山夜夜心》

68.《高原生态："忧"西部之"痛"》

69.《两座木屋，一世情缘》

70.《一息尚存，不落征帆》

71.《论藏药植物资源的生境特点、药用价值和保护性开发》

72.《高黎贡的生态旅游潜力与活力》

73.《生态能建设吗？》

74.《一只春意盎然的"海螺"——西藏高原湿地景观掠影》

75.《高原生态引领我攀登终生》

76.《感语生态哲理，调节身心健康》

77.《我国栎类资源的广布与优质之观感》

78.《赞莲荷之奇美与适应》

四、科普教学 PPT

1. 北极圈的生态绿屋

2. 欧洲十国生态文化之旅

3. 北美大地生态观光有感

4. 南美生态考察之旅

5. 土耳其、埃及生态文明探访

6. 做客东非——绿家园

7. 碧水"彩林"的贝加尔、伏尔加之旅

8. 南半球（澳大利亚）的景观与植被一瞥

9. 老挝——南国早春，夕阳戏水之旅

10. 柬埔寨——"树包塔"奇观之旅

11. 喜山生态考察之旅

12. 走进高原深处

13. 我的西藏高原之梦

14. 我的西藏高原之梦（青少版）

15. 两座小木屋

16. 江南故园行

17. 春花秋水故园行

18. 生态文化（诗文）之哲理精神

19. 中国生态健康论坛论文

20. 贺宗英姐九十华诞

21. 五洲景观植被巡礼

五、友情珍文

1.《送徐凤翔老师赴西藏任教》（熊文愈，1977）

2.《又见小木屋》（黄宗英，《人民日报》，1993 年 12 月 27 日）

3.《小木屋在召唤》（黄宗英，《人民日报》，1994 年 1 月）

4.《三十载科学春风吹绽了高原生态事业》（《科学时报》，1995）

5.《高原女神——记高原生态研究所的开创人徐凤翔》(《人民日报》，1995）

6.《徐凤翔育种"大拐弯"》（《西藏日报》，1995）

7.《女科技群体的形成》（《中国妇女报》，1995）

8.《时代的召唤——在燕园里成长》（中科院侯仁之院士在北大的报告，1995）

9.《北京最高峰——灵山将建西藏博物园》（《北京日报》，1995）

10.《徐凤翔在灵山》（《中国青年报》，1998）

11.《大森林的女儿徐凤翔》（《中外交流》，1998）

12.《意在山水天地间——徐凤翔忘不了那间"小木屋"》（赵永新，《人民日报》，2003）

13.《一息尚存，不落征帆》（俞灵，《中国民族报》，2005）

14.《森林为伴诗为友》（戴岚，《人民日报》，2005）

15.《"小木屋"主人今何在？》（《林业资源管理》，2006）

16.《古稀老人，四度"青春"焕发》（赵永新，《人民日报》，2006）

17.《"森林女神"徐凤翔的传奇经历：78 岁还在路上》（田雄，人民网环球频道，2009）

18.《八十芳龄的徐凤翔》（《新民晚报》，2010）

19.《徐凤翔先生的一天》（于志斌，《深圳商报》，2017）

20.《三代科学人》（赵永新，中国科学技术出版社，2019）

21.《徐凤翔：开创青藏高原生态学的"辛娜卓嘎"》(《少年读中国——科技之光》，2020）

22.《流荡于〈绿野行踪〉中的深情厚谊》（于志斌，"六根"公众号，2020）

· 后记 ·

这本小书是我人生行程（专业考察中）之所经、所承诸方诸多之助、之恩的感受与启示的铭记。话语虽有些绕而冗，但涵义非此不足以表达我数十年的感恩之浓情。

因为我之终生的教、研及野外活动，经历与收获，奇、险、瑰丽兼备，是自然万物、社会各方的恩泽造就了我这小小的生灵。

惠顾所至，使我在行、观、学、思、教、探、保的"学、教"过程中有所提高，乃至心灵的升华！

这个砺炼与铸造的过程，曲折而深刻，决定了个人的历程与人生走向。尤其相遇、相识诸君对我的情谊深植于心，温润情怀，以至启示了自我深思与豁然领悟。

自然与社会之于我，有天地造化之功；而我之于自然，乃众生之一蝼蚁之力而已。何况若无天地之造化、人群之关爱扶持，又何来个人之力，情感之钟？

每思及此，我的心境与感悟忽如面对碧水、峰林与雪岭，开阔而宁静，激奋而洞明。只想于人生有限的岁月中，把对自然之启示与惠顾、至爱亲朋的扶持与培植展示于世，以报塑造之恩于万一，少留憾事于身后！

2020 年岁末于金陵

· 后记 ·

2020 年岁末，正值本小书收尾阶段，忽然传来噩耗：我的科学知己宗英姐走了！信息来自多方，诸多好友亲朋，理解我们俩关系之非同一般，均立即想到第一时间告知于我！

我痛悔不已！由于当时疫情绵延，以往每年的规律性活动被迫中断！数年来，每年清明期间由京南下至沪，探望宗英姐于华东医院；再至宁波，祭奠老伴范老师及其祖陵。

2020 年初夏，一俟疫情缓解，地域疏通，我立即由京返宁。既回归南林"老宅"继续笔耕，更为了仁盼明春南下。回想近 10 年来，每年晚春，最急切盼着进行"江南三部曲"：

一是访南林校园内的樱花大道，在人海花荫下，回忆带领学生刨穴植树的情景。

二是至沪访长住华东医院的宗英姐，两人执手相坐，娓娓清谈。尤其是 2015 年 7 月，我专程赴沪贺宗英姐九十华诞，我姨侄女载我往返沪宁，更兼扶抱行动不便的宗英姐赴宴。回忆那次庆寿活动，既温馨，又略显凄清！宗英姐的家属仅一个孙女（已故之子赵劲之女）由新加坡赶来拜贺祖母。当地单位未有任何动静！只有两三位老友和我们两人以及三位记者，疏朗的一席。

我立即以主持人"自居"，挂起了大幅"寿"字及贺寿条幅——"科学知己，巾帼壮士"，还朗读了激情洋溢的"颂词"。小小的包间，一桌挚友、家人，沉浸在由衷祝贺的情谊中！

三是前往宁波，祭奠老伴范君。自 2011 年我老伴范君过世，奉他"回归"老家宁波，与几代范氏亲属同陵。我每年在墓前席地而坐，向范君倾诉儿女近况，讲讲我内外业的细节。虽然天人相隔，我相信他更理解我的专业情怀，我们有说不完的知心话。

2020 年，被阻于时疫。原想待于金陵，2021 年春即南下，探望宗英姐。不意尚未启程，斯人已逝！更憾于未能亲往凭吊，只有梦中哀思，谨书挽联，以表讣念之情于万一。

其时，我正在为本书的收尾字斟句酌，自我折腾，传来宗英姐仙逝的噩耗，我有点"五内俱焚"之感。劳累与哀伤，真的让我"三内"——心、肺、肾突发病变，至除夕春节住院半月。

匆匆出院后，又于 3 月 8 日被迫"二进宫"，而我内心甚为焦虑，唯恐小书未能结束，人已被收归冥。

我别无他求，只祈求天公宽限我一年半载，完结小书，以达我对大千世界、自然珍稀、故友亲朋的感恩致谢之情于万一。

2021 年 6 月初，我携稿北上，静囿于我灵山之麓的"辛娜小木屋之友"展室，为书稿结尾。岂料"余波"未平，又被召"三进宫"近 20 日。

回顾本小书动议与撰写过程，真是历时不短（几近十载）。在最后《高原梦未央》与《绿野行踪——林海高原六十载》的成书过程中，始终感到我半个多世纪的专业人生，承天公巨擘的点化和蒙社会各界的扶植，大恩未报，大债未偿，没齿不忘，心魂难安！谨志此小书，以表万一之恩情厚谊！

本小书撰写过程先后承志愿者挚友诸君高小花、王剑、郑玉妹、王修丽、董永淑及南京林业大学小学友石珂、王玉超、汪睿、倪旭辉、陈嘉玥、徐浩然等玉手助我誊稿修图，终成本书，仅此致意稽首！

徐凤翔（辛娜卓嘎）

2021 年 2 月 22 日于南京市胸科医院

图书在版编目（ＣＩＰ）数据

晓风·明月·亲情 / 徐凤翔著.—— 深圳：海天出版社，2022.9

ISBN 978-7-5507-3564-4

Ⅰ.①晓… Ⅱ.①徐… Ⅲ.①回忆录 – 中国 – 当代 Ⅳ.① I251

中国版本图书馆 CIP 数据核字 (2022) 第 107263 号

晓风·明月·亲情
XIAOFENG MINGYUE QINQING

出 品 人　聂雄前
责 任 编 辑　曾韬荔
责 任 校 对　叶　果
责 任 技 编　梁立新
装 帧 设 计　自留地　交流邮箱：919679085@qq.com

出 版 发 行　海天出版社
地　　　址　深圳市彩田南路海天综合大厦（518033）
网　　　址　www.htph.com.cn
订 购 电 话　0755-83460239（邮购、团购）
排 版 制 作　深圳自留地文化创意有限公司
印　　　刷　深圳市华信图文印务有限公司
开　　　本　787mm×1092mm　1/16
印　　　张　18.25
字　　　数　220 千
版　　　次　2022 年 9 月第 1 版
印　　　次　2022 年 9 月第 1 次
定　　　价　60.00 元